KB059024

너
나
를
좋
아

하는 거 맞지?

일단 시험삼아 사귀어 볼래?

노조미 코타
Nozomi Kota

일러스트/ 휴우가 아즈리
번역/ 천선필

trations © Hyuuga Azuri

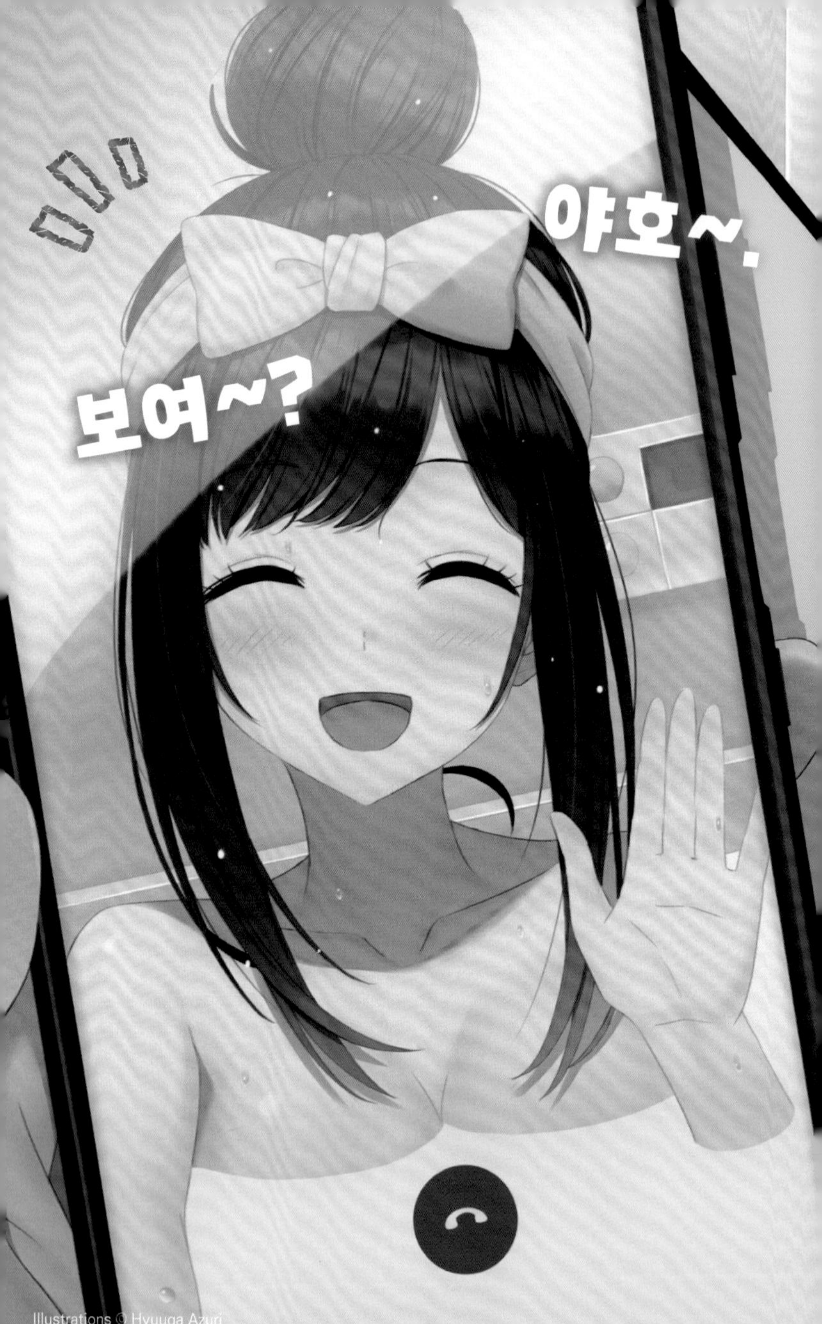
야호~.
보여~?

사귀고 있는데도 놀림당한다고?

시험 삼아 사귀는 건 ─── 최고다.

아무래도 나는

아직 연애라는 게임을
이해하지 못했던 것 같다.

연애에서 이기고 지는 건 뭘까?

시라모리
카스미

문예동호회 선배.
학원 미소녀 사천왕 중 한 명.
쿠로야 군을 좋아한다.

Illustrations © Hyuuga Azuri

너 나를 좋아하는 거 맞지?
일단 시험 삼아 사귀어 볼래?
1

노조미 코타 지음 / 휴우가 아즈리 일러스트 / 천선필 옮김

커버, 컬러, 본문 일러스트

휴우가 아즈리

연애에서 이기고 지는 건 뭘까?

승자와 패자.

승리자와 패배자.

계급과 경쟁, 그리고 딱지를 붙이는 것을 정말 좋아하는 이 세계에서는 언제나, 뭐든지 우열이나 승패를 가리려 든다.

때로는 연애를 전쟁이나 게임으로 비유하곤 하는데——, 그렇다면 당연히 거기에는 승자와 패자가 존재할 것이다.

그렇다면——, 연애에 있어서 승리란 무엇일까?

승리 조건은 어떻게 정의되는 걸까?

물론, 굳이 말할 필요도 없이, 연애라는 건 간단히 정의할 수 있는 게 아니다. 믿기지 않을 정도로 다양하고 천차만별 하고 천변만화한 것. 사람의 수만큼 연애관이 있다 해도 과언이 아닐 것이고, 개인의 연애관이라 해도 오랜 인생 동안 얼마든지 바뀔 수 있다.

하지만, 그럼에도 불구하고.

대다수에게 공통적인 최대공약수 같은 해답 정도는 존재할 것이다.

마음에 두고 있는 상대에게 차이면 지는 것.

사귀면 승리.

3

이것은 하나의 답이라 할 수 있을 것이다.

　연애가 아무리 다양한 개념이라 하더라도 이 승리 조건만은 하나의 공통해라고 할 수 있지 않을까.

　마음에 두고 있는 상대와 사귀게 된다면 그것은 분명히 승리다.

　모두가 그 사람을 연애의 승자로 인정하고 축복하거나 떠받들거나, 때로는 질투하거나 업신여기기도 할 것이다.

　좋아하는 상대와 사귄다면 승리.

　연애가 아무리 복잡하고 난해한 전략적인 게임이라 하더라도 이 승리 조건만은 흔들리지 않을 것이다──라고.

　나, 쿠로야 소키치(黒矢総吉)는 그렇게 생각했다. 연애와는 인연이 없는 인생을 살면서도 그렇게 막연한 연애관을 품은 채 지금까지 살아왔다.

　하지만.

　아무래도 나는 아직 연애라는 게임을 이해하지 못했던 것 같다.

　이렇게 복잡하고 난해한 게임은 내가 도저히 당해낼 수 있는 게 아니었던 것이다.

●

　"이 게임, 재밌지."

　방과 후, 단둘이 있는 부실──.

긴 테이블 건너편에 앉은 시라모리 선배는 그렇게 말하며 녹색 판에 하얀 돌을 올려놓았다. 하얀 돌에 둘러싸인 까만 돌을 가녀린 손가락으로 뒤집어나갔다.

"오델로, 이 재미는 마치 인생을 함축하고 있는 것 같아."

"어떤 부분이요?"

"음~, 그러니까……, 군데군데 하얗거나 까만 부분이?"

적당히 말한 다음에 아하하, 그렇게 애매하게 웃는 시라모리 선배. 딱히 의미는 없었던 모양이다. 나는 한숨을 쉬면서 내 까만 돌을 놓았다.

참고로.

오델로에서 쓰는 하얗고 까만 그 동그란 건 '돌'이라고 부르는 게 공식 명칭인 모양이다. 개인적으로는 '말'이라고 부르는 게 더 정확한 느낌이지만, 공식 명칭은 '돌'이라고 한다.

막 입부했을 무렵, 시라모리 선배가 가르쳐 주었다. 울컥할 정도로 으스대는 표정으로. '흐흥~. 쿠로야 군은 이런 것도 몰라아?'라는 열 받는 말투로.

"뭐, 아무튼 규칙이 단순한데도 재미있잖아."

시라모리 선배는 계속 말했다.

"규칙도 보드게임들 중에서 제일 간단한 수준일 텐데, 이렇게 즐길 수 있으니 정말 대단한 것 같아."

"'배우는 데 1초, 숙련되는 데 평생'이라는 격언이 있을 정도니까요."

"그리고 뭐라고 했지? 장기나 바둑하고 마찬가지로 2인

제로 섬나라, 음……."

"2인 제로섬 유한 확정 완전 정보 게임요?"

"맞아, 맞아, 그거, 그거. 대단해, 그런 말을 용케도 술술 하네."

"이 단어는 중학교 시절에 이것저것 하던 녀석은 대부분 말할 수 있거든요."

"우와~, 쿠로야 군답네~."

장난스럽게 웃으며 그렇게 말한다. 약간 바보 취급당한 것 같기도 하지만, 신기하게도 불쾌하지는 않았다.

2인 제로섬 유한 확정 완전 정보 게임.

게임 이론의 분류 중 하나로 이것저것 생략하고 엄청나게 간단히 설명하자면——, 플레이어가 두 명이고, 운 같은 요소가 개입되지 않고, 양쪽의 정보가 완전히 공개되어 있는 게임을 일컫는 말이다.

장기, 바둑, 체스, 그리고 오델로 같은 게 그에 해당되는 모양이다.

나도 자세한 건 모른다.

그저 그 멋진 단어가 내 가슴을 울렸을 뿐이다.

"그래도 정말 다행이야. 쿠로야 군이 부에 들어와 줘서."

손가락 끝으로 하얀 돌을 만지작거리던 시라모리 선배가 먼 산을 보며 말했다.

"나 혼자서는 이런 식으로 오델로를 하지도 못했을 테니까. 혼자서 책을 읽기만 했을 거야."

"······딱히 오델로를 하면서 노는 게 이 부의 활동도 아니고, 애초에 부도 아니지만요."

"자, 정론 금지~. 선배가 좋은 말을 하고 있으니까 찬물 끼얹지 마."

"············."

"정말, 쿠로야 군은 귀염성 없는 후배구나."

시라모리 선배는 어쩔 수 없다는 듯이 어깨를 으쓱이고 있었다.

방금 나눈 대화로도 알 수 있듯이──, 방과 후에 오델로를 하면서 놀고 있는 우리는 딱히 오델로부가 아니다.

더 자세히 말하자면 '부'조차 아니다.

학교에 제출한 이름으로 따지면 '문예동호회'가 될 것이다.

특별동 3층, 가장 안쪽 교실──.

대량의 책이 꽂혀 있는 책장과 역대 부원들이 작성한 것 같은 대량의 회지. 긴 테이블과 접이식 의자······, 이 교실은 예전에 문예부 부실로 쓰였던 것 같다.

바깥에는 여전히 '문예부'라는 간판이 걸려있지만, 동아리 활동 자체는 몇 년 전에 인원 부족으로 폐부되었다고 한다.

그 이후로는 '문예동호회'로 이름이 바뀌었고, 학교에서 부비가 나오지 않는 대신 활동 의무도 없는 식으로 책을 좋아하는 사람들이 모이는 동호회가 되었다.

작년에 내가 입회한 시점에서 멤버는 시라모리 선배 한 명.

그 이후로 계속 둘이서만 활동하고 있다.

하지만 별다른 건 하지 않는다. 책을 읽거나, 책 이야기를 하거나, 오델로나 다른 보드게임을 하면서 놀기만 하는 미지근한 동호회다.

"그러고 보니 쿠로야 군."

"왜 그러시죠? 시라모리 선배."

"슬슬 5월이 되었는데, 새로운 반에는 익숙해졌어?"

"제게 익숙해질 생각이 있을 것 같아요?"

"없을 것 같아."

"그게 답이죠."

"아하하. 여전히 아싸구나."

"내버려 두라고요. 제가 좋아서 아싸인 거니까."

인싸와 아싸.

어느새 세상의 학생들은 그런 두 계급으로 분류되게 되어 버렸다.

내가 어느 쪽으로 분류되는지 따지자면 당연히 아싸 쪽일 것이다. 우리 반 모두가 그렇게 생각할 테고, 나도 그렇게 생각한다.

딱히 껄끄럽지는 않다.

아싸면 안 되나?

일부러 눈부시고 시끌벅적한 양지를 걷는 것보다는 시원하고 조용한 음지를 걷는 게 나하고는 더 잘 맞을 것 같다.

내 성격을 일그러뜨리면서까지 상성이 안 맞는 쪽에 익숙해질 생각은 없다.

그렇게 피곤한 짓을 할 거라면 차라리 혼자서 책을 읽는 게 더 편하고 즐겁다.

쿠로야 소키치는──, 그런 사람이었다.

"아싸라는 걸 부정할 생각은 없고, 그렇게 부른다 하더라도 껄끄럽진 않지만, '사실 인싸가 되고 싶지?'라는 식으로 단정하진 말아줬으면 하거든요. 그런 녀석도 있긴 하겠지만, 저는 인싸를 질투하면서 까대는 아마추어 아싸가 아니니까. 미학과 철학을 가지고 음지에서 살아가는 걸 선택한 타입인 아싸예요. 인싸와 아싸, 어느 쪽이 더 위냐는 이야기가 아니라 각자의 영역과 가치관 문제──."

"으아~, 쿠로야 군이 쿠로야 군스러운 이야기를 하기 시작했네."

"······이제 아무 말도 안 할 거예요."

"아하하. 미안, 미안. 정말이지, 이 정도로 삐지지 마. 진짜로······, 정말 귀여운 후배구나, 쿠로야 군은."

밝게 웃으며 좀 전과는 정반대인 말을 한다.

내가 과연 귀여운 후배인 건지, 귀염성 없는 후배인 건지.

뭐······, 양쪽 다 복잡하긴 한데.

살짝 풀 죽으며 새삼 시라모리 선배를 보았다.

내가 음지 쪽 인간이라면──, 그녀는 분명히 양지 쪽 인간일 것이다.

밝고, 싹싹하고, 친구가 많고, 그리고 미인이다.

원래는 나와 엮일 일도 없었을 스쿨 카스트 상위에 위치한 리얼충이자 자타공인 인싸.

나와는——, 사는 세계가 다르다.

그런데 어떤 운명의 장난인지 나와 그녀는 만났고, 이러쿵저러쿵하다가 사이좋게 지내게 되었고, 어느새 1년 동안이나 같은 동호회에서 지내게 되어버렸다.

단둘이서, 1년 동안이나——.

멍하니 그런 생각을 하며 나는 하얀색과 까만색이 뒤얽혀 있는 게임판을 내려다보았다.

게임은 한창 재미있는 부분에 접어들고 있다.

시라모리 카스미(白森霞).

나와 마찬가지로 미도리바(綠羽) 고등학교에 다니는 한 살 연상, 3학년 선배.

문예동호회 현 대표.

풍성한 다크 브라운 머리카락과 긴 속눈썹으로 둘러싸인 두 눈. 오똑한 코와 매끈한 입술. 온화하고 어른스러운 분위기를 풍기는 아름다운 여자다.

미도리바 고등학교 '미소녀 사천왕' 중 한 명.

우리 학교 3학년에는 다른 곳에서 찾아보기 힘든 미모를 자랑하는 미소녀가 네 명 있다. 그들 네 명은 사이가 좋아서, 모여 다니면 매우 눈에 띈다.

그 때문인지 어느새 그녀들 그룹은 '미소녀 사천왕'이라는 매우 머리가 나빠 보이는 명칭으로 불리게 된 것 같다.

시라모리 선배는 그중 한 명.

'사천왕'으로서 지니게 된 별명은──, '유부녀'.

……여고생에게 붙여줄 별명이 아니잖아, 그런 생각이 든다.

뭐, 무슨 마음인지는 이해가 되기도 하지만.

얼굴 생김새가 어른스럽고, 눈가나 입가에는 독특한 색기가 있다. 키가 크고 몸매도 좋은 데다 여성 특유의 봉긋한 부분도 눈에 띈다. 매우……, 눈에 띈다.

미소녀라기보다는 미녀라고 표현하고 싶어질 정도로 어른스러운 외모. 여고생 수준을 뛰어넘은 색기를 뿜어내는 그녀이기에 '유부녀'라는 호칭이 매우 잘 어울리는 것이다.

당연하게도 본인은 싫어하지만.

아무튼 전교 학생이 모두 알고 있을 정도로 유명하면서도, 자신의 미모를 뽐내지 않는 사교성까지 갖추고 있기에 남녀를 불문하고 인기가 많다.

그런 리얼충이자 인싸인 그녀도 의외로……, 아니, 의외라고 하면 편견이고 실례가 되는 이야기일지도 모르겠지만, 아무튼.

취미는──, 독서다.

일반 문예, 라이트노벨, 라이트 문예, 순문학……, 소설이라는 활자 매체를 매우 사랑하며 만화나 애니메이션 같은 것도 즐기곤 한다.

이른바 이야기라는 것, 이른바 허구라는 것을 좋아하는
것 같다.

많은 친구들과 모여서 시끌벅적하게 떠드는 것을 즐기는
것과 비슷할 정도로 혼자서 이야기를 접하는 시간도 소중하
게 여기는 사람이다.

그래서 그녀는 문예동호회에 소속되어 있고──, 그리고
독서 정도밖에 취미가 없는 나와 어찌 된 영문인지 만나 버
렸다.

"……으음. 으음~~."

승부 종반──.

시라모리 선배는 게임판 위를 노려보며 끙끙대고 있었다.
팔짱을 끼고 있어서 풍만한 가슴이 더욱 강조되어 있다.

남자라면 모두가 시선을 빼앗길 만한 광경이었지만, 나는
강철 같은 이성으로 눈을 돌리며 애써서 매우 쿨한 말투를
유지했다.

"시라모리 선배. 아무리 생각해 봤자 이미 제 승리가 확정
되었는데요."

승부는 완전히 갈린 상황이다.

아직 하얀 돌을 놓을 곳이 있긴 하지만, 어디에 놓더라도
곧바로 내가 뒤집을 수 있는 곳밖에 없었다. 장기로 따지면
완전히 외통수 상태다.

"……으으~~! 아앗~! 졌~, 어~, 어~!"

두 손을 들고 호들갑스럽게 한탄하며 책상에 엎드린 시라

모리 선배.

어른스럽게 생긴 주제에 하는 말이나 행동은 의외로 어린 애 같고, 표정도 금방 바뀌곤 한다. 보고 있자면 전혀 질리지 않는 선배다.

"아······, 젠장앙······, 분해애. 에휴~. 쿠로야 군. 정말 강해졌구나. 예전에는 내가 연전연승하곤 했는데."

"그야 1년이나 했으니까요."

처음에는 전혀 이기지 못했다.

시라모리 선배가 잘했다──기보다는 내가 너무나도 무지했기 때문일 것이다. 오델로의 전술 같은 건 '네 모퉁이를 잡는 게 낫다' 같은 정도밖에 몰랐다.

문예동호회에 들어가서 방과 후에 이렇게 오델로를 하는 기회가 늘어난 뒤로는 나도 나름대로 공부를 꽤 했다.

막상 진지하게 공부해 보니 오델로는 정말 심오했다.

책을 사서 다양한 정석을 익히고, 인터넷 무료 게임으로 경험을 쌓고, '아, 이 게임은 내가 마음대로 하는 게 아니라 상대방을 마음대로 하지 못하게 하는 게임이구나'라는 것을 깨달은 뒤로는 보이는 세계가 약간 변한 것 같은 느낌이 들었다.

"치사하네, 쿠로야 군. 혼자서 열심히 특훈한 거지?"

"노력한 걸 치사하다고 말씀하셔도 곤란한데요."

"아~, 나도 좀 더 노력해야지. 이대로 가다간 '문예동호회' 대표의 위엄에 문제가 생길 테니까!"

"……오델로 실력으로 유지할 수 있는 건가요? 우리 동호회 위엄이란 건."

"딱히 상관없잖아. 어차피 우리 둘만의 동호회니까."

시라모리 선배는 몸을 일으킨 다음, 이번에는 접이식 의자에 축 늘어졌다. 가슴을 펴자 거유가 더욱 강조되었다.

……몸을 앞으로 구부려도, 뒤로 젖혀도 강조되다니, 어떻게 된 거지?

"결국 올해도 새로운 멤버는 들어오지 않았고~."

"권유도 안 했으니까요."

젊은이들의 활자 이탈 때문인 걸까. 제대로 활동하지 않는 문예동호회에 들어오려는 괴짜는 없는 것 같았다.

"쓸쓸하긴 하지만, 또 1년 동안 쿠로야 군하고 단둘이서 활동하게 될 것 같네."

"……저는 그게 더 좋지만요."

"어?"

"앗. 아니……."

"……흐응. 그렇구나."

시라모리 선배는 처음에 약간 놀란 표정을 지은 다음, 빙긋 웃으며 입가를 일그러뜨렸다.

"그렇구나, 그렇구나~, 쿠로야 군은 단둘이 있는 게 더 기쁘구나~."

"……아니에요. 신입생하고 커뮤니케이션을 해야 한다는 게 싫은 것뿐이죠. 커뮤니케이션에 문제가 있는 아싸라서

새로운 지인을 만드는 게 껄끄러울 뿐이라고요."

놀리는 듯이 말하는 그녀에게 무뚝뚝하게 대답했다.

"……음~. 정말 고집쟁이네."

그녀는 삐진 듯이 중얼거린 다음, 이번에는 접이식 의자에서 일어섰다.

내가 있는 쪽 테이블 근처로 다가온 다음, 몸을 약간 숙여서 내 눈을 들여다보려 했다.

"저기, 저기, 쿠로야 군. 내게 이긴 상으로 뭔가 해줄까?"

"……네?"

"하극상으로 주는 상, 뭘 원해?"

"아니……, 필요 없는데요. 뭔가 걸고 승부를 한 것도 아니고요. 애초에, 딱히 시라모리 선배에게 오델로를 이긴 게 오늘이 처음인 것도 아니고……."

"됐으니까, 뭔가 줄게. 뭐가 필요해? 아니면……, 소원을 들어주는 것도 좋아. 뭐든 한 가지, 소원을 들어줄게."

시라모리 선배는 왠지 모르겠지만 마구 밀어붙였다.

얼굴이 단숨에 가까워졌다.

긴 속눈썹과 신비한 빛이 깃든 눈——, 나는 무심코 눈을 돌렸다.

"쿠로야 군, 뭔가 내게 부탁하고 싶은 거 없어?"

"……없는데요. 갑자기 왜 그러세요?"

그렇게 대답하자 그녀는 약간 토라진 듯한 표정을 지은 다음.

"……에휴~."

크게 한숨을 쉬었다.

"아~, 이제 됐어. 이렇게 말했는데도 안 된다면 어쩔 수 없지."

"……?"

오늘 선배가 대체 왜 저러는 거지?

왠지 상황이 이상하다.

아니, 뭐, 항상 독특한 분위기라 무슨 생각을 하는 건지 알아채기 힘든 사람이긴 한데, 오늘은 특히 행동을 예측할 수가 없——.

당황해하는 나를 무시하고 시라모리 선배는 다시 접이식 의자에 앉았다.

맞은편——이 아니라 내 옆에.

단숨에 거리가 가까워졌다.

"있지, 쿠로야 군."

볼을 괴며 시라모리 선배가 말했다.

입가에는 놀리는 듯한 미소를 드리운 채, 장난기 어린 눈초리로 이쪽을 보면서.

우리의 관계를——, 결정적으로 뒤바꿔놓을 한 마디를.

"너 나를 좋아하는 거 맞지?"

그건 예상하지 못한 한 마디였다.

시간이 멈춘 것 같은 느낌이 들었다——, 그럼에도 불구하고 심장 고동만큼은 믿기지 않을 정도로 빨라졌다.

시라모리 선배는 웃고 있었다.

볼을 괸 채 좌우 비대칭으로 일그러진 입가는 정말 유쾌하다는 듯한 미소를 만들어내고 있었다.

볼이 약간 붉게 물들었지만——, 아마 내 얼굴이 훨씬 더 빨개졌을 것이다. 몸 전체의 피가 끓어올라서 전부 얼굴에 쏠린 것 같은 착각이 들었다.

"어……, 무슨. 그러, 니까……."

"좋아하는 거지? 나."

"……윽."

"아니야?"

빤히.

나를 똑바로 바라보며 재촉하는 듯이 물어본다.

혹시나.

혹시나 이 순간까지는——, 그나마 어떻게 할 수 있었을지도 모른다.

이때 대답만 잘못하지 않았다면, 둘러댈 방법은 얼마든지 있었을 것이다.

하지만——.

"……어, 어떻게 아셨어요?"

나는.

경악과 동요로 인해 머릿속이 새하얘진 나는 슬프게도, 치명적인 선택을 해버렸다.

무엇 하나 둘러대지 못하고 그냥 대답하고 말았다.

진심을 있는 그대로 말해 버렸다——.

"호오~. 역시 그랬구나."

빙긋, 선배는 기쁜 듯이 웃었다.

승리를 뽐내는 듯한 미소를 보니 내 치욕이 더욱 가속되었다.

"……아, 아니……."

"아~, 다행이다. 만약에 아니었다면 나 완전히 꼴사나워지잖아. 초 자의식 과잉이라고 해야 하나."

"그러니까, 저기……, 그, 그게 아닌데."

"응? 아니야?"

"……윽."

"좋아하지? 나. 정말 좋아하는 거지~?"

뭐라 말하지 못하고 있자니 시라모리 선배는 집게손가락으로 내 볼을 찔러댔다.

"이 녀석, 이 녀석~."

"그, 그러지 마세요……!"

"아하하. 얼굴 새빨갛네."

나는 접이식 의자에서 일어나 재빨리 거리를 벌렸다. 매우 초조해하는 나를 보고 시라모리 선배는 신나게 웃어 댔다.

젠장.

항상 이렇다니까, 이 선배는.

짜증 나고 섬세하지 못하고, 다른 사람의 퍼스널 스페이스에 팍팍 들어오고, 스킨십을 아무렇지도 않게 하고……, 그러면서도 가끔 조심성이 많은 일면도 있고, 분위기를 잘 파악하는 사람이고, 이러쿵저러쿵해도 마음이 착하고, 그리고 얼굴이 예쁘고 몸매가 최고라서 내게는 이상 그 자체 같은——.

아니……, 그게 아니지.

왜 중간부터 칭찬만 하는 건데.

아, 젠장.

이제 안 되겠다.

이제 둘러댈 수가 없다.

나는——, 쿠로야 소키치는 시라모리 카스미에게 반했다.

예전부터 좋아했다.

처음 만났을 때부터 거의 한눈에 반한 것처럼 좋아하게 되었고, 그리고 1년 동안 점점 더 좋아하게 되어버렸다.

사랑에 빠진 정도가 아니다.

바닥이 없는 늪에 빠진 것처럼——, 완전히 반해 버렸다.

물론 사귈 수 있다는 생각은 하지 않았다.

그렇게 주제넘는 꿈을 품으면 안 된다.

나 같은 아싸가 인싸의 대명사라고 할 수 있는 그녀와 사귈 수 있을 리가 없다. 선배가 내게 잘해주는 건 그저 그녀가 누구에게나 잘해주기 때문이고, 그걸 특별한 관계로 착각해선 안 된다.

그야 뭐……, 기회를 노려볼 수 있을까 하는 망상도 해보거나, 고백할 방법을 생각하며 연습하기도 했지만, 이 마음을 직접 전할 용기 같은 건 없었다.

이렇게 같은 공간에서 같은 공기를 마실 수 있다는 것만으로도 충분했다.

그러니까 끝까지 숨겨둘 생각이었다.

들키지 않게끔 필사적으로 숨겨왔는데——.

"후후후~. 그랬구나, 그랬구나~. 역시~ 쿠로야 군은 나를 좋아했구나."

굴욕과 수치 때문에 죽을 것 같은 나와는 대조적으로 시라모리 선배는 더할 나위 없을 정도로 신이 난 상태였다.

"자, 어떻게 할까."

싱글싱글 웃으면서 값을 매기려는 듯이 나를 바라보았다.

나는 거의 도마 위에 오른 생선 같은 심정이었다.

상대방에게 품은 호의를 들킨다.

자신이 마음에 두고 있던 상대에게 들킨다.

나처럼 자존심만 센 아싸에게 그것은 죽을 것만 같은 치욕이었다. 목덜미에 칼을 들이댄 채 생사여탈권을 빼앗긴 거나 마찬가지다.

Illustrations © Hyuuga Azuri

최대의 약점을 상대방에게 잡혀 버렸다.

"⋯⋯도, 돈을 원하시는 건가요? 얼마 내면 되는데요?"

"아니, 돈이라니."

"부, 부탁드립니다. 누구에게도 말하지 말아 주세요! 특히⋯⋯, 시라모리 선배에게만은!"

"아니, 아니, 내가 시라모리 선배거든요?"

그랬지.

제일 들켜선 안 되는 상대에게 들킨 거였지.

"⋯⋯풉. 아하핫, 정말, 너무 허둥대잖아. 쿠로야 군."

참을 수 없다는 듯이 웃는 시라모리 선배.

"안심해. 딱히 다른 사람에게 말하거나 놀리지는 않을 거니까."

"⋯⋯⋯⋯⋯⋯."

"아니면 내가 그렇게 심술궂은 짓을 할 거라 생각하는 거야? 네 마음속의 나는 그렇게 악질적으로 심술을 부리는 사람이야? 네가 반한 시라모리 선배가?"

"──윽! 버, 벌써 놀리고 있잖아요⋯⋯."

"아하하. 뭐, 이 정도는 해야지."

젠장⋯⋯.

내 마음도 모르고 신나게 떠들어 대기는.

내가 얼마나⋯⋯, 얼마나 진심으로 당신을──.

"있지⋯⋯, 쿠로야 군."

정신을 차리고 보니.

시라모리 선배는 접이식 의자에서 일어나 내게 다가왔다. 벽쪽까지 물러나 버린 내게 천천히 다가왔다.

뒤쪽은 벽이라 이제 도망칠 곳이 없다.

"너, 나 좋아하는 거 맞지?"

"……윽."

빤히 바라보는 눈, 말을 자아내는 입술, 매끄러운 피부, 여자 특유의 달콤한 향기……, 모든 것이 폭력적일 정도로 매력적이었다. 지근거리에서 본 그녀는 너무나도 귀엽고 아름다워서 내가 도망치거나 둘러대는 걸 용납하지 않았다.

"네, 네……."

긍정하는 말을 억지로 끄집어냈다.

"좋아……해요."

"……그렇구나."

시라모리 선배는 만족스럽다는 듯이 고개를 끄덕끄덕거린 다음──.

"그렇다면 말이야."

그리고 어떤 제안을 했다.

이미 더할 나위 없이 혼란스러워진 내 마음속으로 뿌리째 뒤엎어서 헤집는 것 같을 정도로 터무니없는 제안을──.

"일단 시험 삼아 사귀어 볼래?"

그 말이 무슨 뜻인지 곧바로 받아들일 수는 없었다.

일단?

시험 삼아?

사귀어 볼래?

"어? 어? 어어?"

"못 들었어? 일단 시험 삼아 사귀어 볼래? 라고 한 건데."

시라모리 선배는 똑같은 말을 반복했다.

항상 보여주던 미소로, 하지만 약간 쑥스러운 듯한 표정으로.

"뭐……, 있지? 나도 딱히 쿠로야 군이 싫진 않고……, 귀여운 후배가 '좋아해요'라고 하니까……, 뭐, 저기, 음……, 당연히 조금은 기쁘니까?"

"…………."

그 말을 듣고 약간 안심이 되었다.

나 같은 녀석이 좋아한다고 하면──, 후배니까 잘해줬을 뿐인 상대가 착각해서 호의를 드러내면 '기분 나쁘다'라든가 '건방지게 굴지 마라'라는 것처럼 경멸하는 감정을 보일 우려도 충분히 있을 줄 알았는데──.

아무래도 내 고백……, 아니, 고백한 건 아니지만, 아무튼 내 호의 자체는 그렇게까지 거절당한 건 아닌 모양이다.

"그러니까──, 일단 시험 삼아 사귀어 볼까?"

시라모리 선배는 말했다.

"시, 시험 삼아서요?"

"응, 시험 삼아 커플 같은 느낌으로. 너무 어렵게 생각하지 말고, 일단 사귀어 버리자."

"…………."

내 머리는 아직 제대로 돌아가지 않았다.

충격적인 전개가 너무 연달아 벌어져서 사고가 현실을 전혀 따라잡지 못하고 있다.

어? 내가 사귈 수 있나?

동경하던 선배하고 사귀는 건가?

태어나서 처음으로 여자친구가 생기는 건가?

그런데 시험 삼아라니……, 무, 무슨 소리지?

인싸는 원래 이런 느낌으로 사귀곤 하나?

"참고로 생각할 시간은——, 10초입니다."

매우 혼란스러워하던 내게 추가타가 날아들었다.

시라모리 선배는 매우 신이 난 듯이, 승리를 확신한 듯한 미소를 지으며 말했다.

"시, 십 초요?!"

"십 초입니다. 십 초 이내에 '예스'라고 말하지 않으면 사귀어 주지 않을 겁니다."

"네에?! 그게 무슨, 자, 잠깐만, 기, 기다려 주세요……!"

"안 기다려요~. 자, 시작! 하나~, 두울~, 세——."

"……예, 예스!"

엄청나게 초조해하던 나는 카운트 다운 초반에 소리쳐버렸다.

다운된 복서였다면 세컨드가 '초조해하지 마! 8까지 카운

트할 때까지 쉬어!'라는 이야기를 들을 정도로 너무 초조한 대답이었다.

"부, 부, 부탁드릴게요. 저하고……, 사, 사귀어 주세요. 시험 삼아서라도 상관없으니까, 선배하고……, 사, 사귀고 싶어요."

사고가 정지된 머리로 거의 반사적으로 튀어나온 것——, 내 16년 인생에 있어서 첫 고백이었다.

혼자서 몰래 여러 번 연습했던 고백과는 전혀 달랐다.

곱씹어 보니 더듬더듬, 쿨하거나 스마트한 느낌은 전혀 없고, 비굴하게 아양을 떠는 듯한 최저, 최악의 고백——.

"응. 좋아."

——그럼에도 불구하고 시라모리 선배는 매우 기뻐 보였다.

만족스러운 듯이, 행복하다는 듯이, 그리고 왠지 안심했다는 듯이 미소를 짓고 있었다.

"앞으로 잘 부탁해, 쿠로야 군."

●

그렇게——, 내게 태어나서 처음으로 여자친구가 생겼다.

상대는 계속 좋아했던 미인 선배.

마음에 두고 있던 상대와 사귀게 되었다.

시험 삼아라고는 해도 연인 관계가 되었다.

결과만 보면 잘 된 건지도 모르겠다.

하지만……, 과정은 처참하다.

호의를 품은 걸 들키고, '시험 삼아 사귀어 볼래?'라고 약간 건방진 제안을 받고, 그리고……, 그 제안을 애원하는 듯이 받아들여 버렸다.

꼴사나운 것도 정도가 있다.

한심한 것도 정도가 있다.

도저히──, 이겼다는 기분이 들지 않는다.

연애라는 이름의 심리 게임.

초기 스펙은 죽을 정도로 불평등. 규칙은 애매모호. 연애 시뮬레이션 게임과는 달리 루트 같은 건 없음. 올바른 선택지를 계속 골라 봤자 누군가와 사귈 수 있다는 보장도 없음. 게다가 누가 내 히로인인지도 알 수 없음. 사람에 따라서는 최후의 순간까지 히로인이 존재하지 않는 패턴도 있을 것이다.

그렇게 망겜의 극치인 현실의 연애 게임, 그럼에도 유일하게 아주 조금이나마 믿을 수 있었던 최대공약수 같은 승리 조건──.

좋아하는 상대와 사귀게 된다면 승리.

차이면 패배.

유일하게 기댈 수 있을 거라 생각했던 조건이──, 지금 뒤흔들려 버렸다.

알지 못했다.

상상도 못했다.

설마 좋아하는 사람과 사귀게 되었는데 이렇게 패배감에
괴로워하다니——.

이겼다는 생각이 전혀 들지 않는다.

마음만 따지면——, 완전 패배.

그녀와의 연인 관계는 나의 완전한 패배로부터 시작되
었다.

예전부터 리얼충이라는 말이 싫었다.

리얼이 충실하다――, 줄여서 리얼충.

누가 생각해낸 건지는 모르겠지만, 아무튼 싫었다.

딱히――, '리얼충 죽어라', '리얼충 폭발해라'라고 소리치는 녀석들처럼 리얼충에 대해 질투나 증오하는 마음을 품고 있는 건 아니다.

그냥 '리얼충'이라는 말이 싫은 것이다.

왜냐하면――, 리얼충이라는 말은 리얼충을 정확하게 표현하지 못하니까.

리얼이 충실하기 때문에 리얼충.

애초에.

리얼이 충실하다는 건 무슨 뜻일까.

리얼――, 현생에서의 충실, 충족이란 대체 무슨 뜻일까.

대답은 매우 간단하다.

'그런 건 사람마다 다르다'이다.

행복이나 성공의 정의가 사람마다 각자 다르듯이, '리얼이 충실함'의 정의도 사람마다 다른 게 당연할 것이다.

그럼에도 불구하고.

사람들이 말하는 '리얼충'이란 친구가 많고, 애인이 있고, BBQ나 스키 여행 같은 이벤트를 즐기고, SNS 팔로워가 잔뜩 있고……, 그런 획일적인 이미지로 나타내는 경우가 대

부분인 것 같다.

그런 보편적인 리얼충 이미지에서 벗어난 사람은———, '비리얼충'이라거나 '비리얼'이라고 업신여김을 당하는 처지가 된다.

말도 안 된다.

애인이 없는 것 정도로, 친구가 별로 없는 것 정도로 멋대로 '현생에 충실하지 않다'고 단정하는 건 말도 안 된다.

만화나 책을 읽는다.

영화나 애니메이션을 본다.

게임이나 동영상을 즐긴다.

이런 행동도 분명히 '리얼'이고, 본인이 납득한다면 그것들도 어엿하게 '리얼이 충실한 것'이라 생각한다.

친구가 적다고, 여자친구가 없다고, 취미가 인도어파라고……, 그런 요소만으로 '비리얼'이라 단정하는 건———, '여자의 행복은 멋진 남편을 찾아서 가정을 꾸리고 아이를 키우는 것. 그러지 못하는 여자는 불행하다'라고 단정하는 것만큼이나 시야가 좁은 거라 생각한다.

다양성이 존중되어야 하는 이 시대, 인생에 있어서 충실함을 편견으로만 고려하는 '리얼충'이라는 단어는 너무나도 부적절한 단어다. 굳어버린 전형적인 가치관과 소수를 배제하려는 동조압력이 만들어낸 나쁜 신조어라 할 수 있을 것이다.

그런 반면———, '인싸'와 '아싸'라는 구분은 괜찮다.

딱히 마음에 드는 건 아니지만 뭐, '리얼충'과 '비리얼' 구
분보다는 그나마 이해가 된다.

무리 안에 있으니 인싸.

무리 밖에 있으니 아싸.

흐음. 그렇군, 알아보기 쉽다. 적당한 말이라 할 수 있을
것이다. 말 그 자체만 놓고 보면 그냥 속성의 차이인 것 같
기도 하고, 그렇게까지 우열이 느껴지진 않는다. 물론 일반
적으로 따지면 압도적으로 인싸가 위겠지만, '리얼충', '비리
얼' 같은 차별적인 편견은 느껴지지 않는다.

멋대로 '리얼이 충실하지 않다'고 단정하며 '비리얼'을 업
신여기는 건 참을 수가 없었지만 '속성으로 따지면 바깥 쪽
이니까 아싸'라는 정도의 차별이라면 기꺼이 받아들일 수
있다──.

"──라고 엄청 골치 아프게 따지던 소키치도, 드디어 여
친이 있는 리얼충이 되었단 말이지. 진짜 웃기네."

"……시끄러."

비꼬는 듯이 말한 친구 토키야에게 나는 억지로 따지는
듯이 대답하면서 우동을 먹었다.

여자친구가 생기고 다음 날, 점심 시간.

2층 학교 식당에는 많은 사람들이 모여 있었다.

나와 토키야 두 명은 구석 쪽 테이블에 마주보고 앉아있
었다.

"너 같은 녀석에게 여자친구가 생긴 것만도 놀라운데, 설

마 상대가 '사천왕' 중 한 명이라니. 완전히 그림의 떡을 손에 넣은 거 아냐."

토키야는 돈까스 샌드위치를 먹으며 계속 말했다.

"시라모리 카스미 선배……, 좋지. 미인이고, 키도 크고, 가슴도 크고. 내가 사귀고 싶을 정도라고."

"……야."

"크큭. 농담이야. 친구의 첫 여친에게 손댈 정도로 여자가 부족하진 않거든."

나름대로 무서운 표정으로 노려보았는데, 토키야에게는 전혀 통하지 않았는지 그냥 웃기만 했다.

시모쿠라 토키야.

같은 학년 남자고 중학교 때부터 친구.

친구들이 멋대로 소수 정예가 되어버리는 내게는 몇 안 되는 친구 중 한 명이라 할 수 있을 것이다. 지금은 다른 반이지만 새로운 반에서 아직 친구를 만들지 못한 내게는 이 녀석밖에 같이 밥을 먹어줄 친구가 없다.

늑대를 연상케하는 날카로운 눈초리와 비꼬는 듯이 일그러진 눈가. 키가 크고 덩치가 좋아서 야성적인 분위기를 풍기는 훈남이다.

키가 크고 눈초리가 사납지만 얼굴은 잘생겼다. 분위기만 보면 스쿨 카스트 상위에 들어갈 리얼충 & 인싸 같지만……, 뭐라고 해야 하나, 토키야는 그런 타입이 아니다.

스쿨 카스트 이전에 학교 자체에 별로 흥미가 없다.

중학교 때부터 학교를 자주 빠졌고, 학교 밖의 라이브 하우스나 HIPHOP 서클에 다니며 연상 여고생과 사귀는 타입이었다. 고등학교에 입학한 뒤로는 사회인이나 대학생 누님들하고 노는 모양이었다.

인싸이긴 하지만 학교 바깥의 커뮤니티에 중점을 둔 타입인 인싸.

나처럼 존재감이 별로 없는 아싸와는 극과 극이지만, 중학교 때 체육이나 종합 학습을 하면서 반에서 붕 뜬 사람들끼리 억지로 짝이 되는 경우가 많았고, 그 인연이 지금까지 이어지는 느낌이었다.

"너, 진짜로 좋아했잖아, 그 선배. 보는 내가 창피해질 정도로 푹 빠졌었다고."

"……푸, 푹 빠졌다고 하지 마. 평범한 거야, 평범……. 평범하게……, 조, 좋아했을 뿐이라고……."

"크큭. 부끄러워하지 말고."

내가 시라모리 선배에게 반했던 건 토키야도 알고 있었다.

아니, 내가 말하거나 의논한 건 아니지만……, 어쩌다 보니 들킨 상태였다.

"뭐, 어찌 됐든 잘됐네. 친구인 나하고 의논도 안 하고 고백해 버린 건 좀 쓸쓸하긴 하지만, 최고의 결과를 냈으니 용서해 주마."

"……응?"

"그래, 그래. 말꼬리만 잡고, 삐뚤어졌고, 자의식의 괴물

같던 소키치가 용기를 쥐어짜서 솔직하게 사랑을 전했단 말이지……. 정말……, 잘했어, 너."

"아니……, 자, 잠깐만 기다려 봐."

감격한 듯한 표정으로 칭찬하는 토키야를 급하게 말렸다.

"난 고백 안 했어."

"……뭐? 안 했다고?"

"그래."

"말도 안 돼……. 그럼 설마 상대가 먼저 고백했단 거야?"

"그런 것도 아니고……, 음, 뭐라고 해야 하나. 설명하자니 좀 힘든데――."

나는 어제 있었던 일을 간단히 설명했다.

호의를 품고 있던 걸 들켰고.

시험 삼아 사귀어 볼래? 그런 말을 들었고.

그리고 예스라고 대답해 버렸다는 것을.

"…………그게 뭐야?"

아까 보여주던 칭찬 모드는 어디로 간 건지, 토키야는 나를 어이없다는 눈초리로 바라보았다.

"소키치, 너……, 촌스러운 것도 정도가 있지. 동정심으로 사귀어 주는 거나 마찬가지잖아."

"……시, 시끄럽다고."

"남자하고 여자 사이는 처음이 제일 중요하거든? 사귀게 된 시점에서 그러면 앞으로도 계속 고개를 못 들고 살 텐데."

"그러니까 시끄럽다고……."

나는 크게 숨을 내쉬고는 한 손으로 머리를 감싸 쥐었다.

"나도 알아. 죽을 만큼 촌스러웠다는 것 정도는……."

어제 있었던 일들——, 떠올리기만 해도 굴욕이라 죽고 싶어진다.

어째서 그렇게 촌스러운 느낌이 되어버린 거지?

얼마든지 다른 방법이 있었을 텐데.

"……혹시 나를 놀리는 건가?"

불안한 마음이 입밖으로 나와 버렸다.

"내가 신이 나서 남자친구 행세를 하기 시작한 순간에 '몰래카메라였습니다~!'라고 하면서 마구 웃어 대는 거 아닌가……."

"그럴 가능성도 있겠구나. 그렇게 악취미 같은 짓을 하면서 얌전한 녀석들을 놀려대며 즐기는 녀석들은 어디에나 있으니까."

그런데 말이지, 토키야가 그렇게 말을 이었다.

"시라모리 선배가 그렇게 쓸데없는 짓을 할 사람이야?"

"……아니."

안 할 것 같다.

안 할 거라 믿고 싶다.

툭하면 나를 놀려대곤 하지만, 가끔 지나칠 때도 있지만, 사람의 마음을 장난으로 짓밟는 짓은——, 절대로 하지 않는다.

"그럼 믿을 수밖에 없지. 네가 반한 여자를."

토키야는 어깨를 으쓱이고 나서 놀리는 듯이 말했다.

"아무리 '시험 삼아'라고 해도 어느 정도 호의가 있어야 사귀는 거지. 의외로 그쪽도 너한테 반한 거 아닐까?"

"⋯⋯글쎄다."

그런 건 알 수가 없다.

오히려——, 이 세상 누구보다 내가 알고 싶다.

시라모리 카스미가 쿠로야 소키치를 어떻게 생각하는지.

"⋯⋯솔직히 아직도 믿기지 않아. 시라모리 선배가 나를 마음에 들어 했다니. 그쪽은 미인이고 인기도 많은데⋯⋯, 나는 아무런 특기도 없는 일반인이야. 호의를 산 이유를 모르겠네."

"이러쿵저러쿵하면서도 1년 동안 함께 동호회를 해왔잖아? 그동안 네가 계속 좋아좋아 오라를 마구 뿜어냈다면 상대방도 의식할 만하지."

"누, 누가 좋아좋아 오라를 마구 뿜어냈다고!"

"실제로 들켰잖아."

"으윽⋯⋯."

"상대방이 자신을 좋아한다는 걸 알게 되면 갑자기 신경 쓰이기 시작한다는 건 자주 있는 이야기니까. 너처럼 시원찮은 녀석이라 하더라도 자신에게 반했다는 걸 알게 되면 남자로 의식해 버릴 수도 있을 거야."

그건⋯⋯, 뭐, 이해가 안 되는 건 아니다.

나도 아마 '저 녀석, 너를 좋아한다는데'라는 정보를 얻게 되면 노골적으로 그 상대를 의식해 버릴 것이다. 뭐, 안타깝게도 내게는 그런 경험이 한 번도 없었지만.

내가 어느 정도 납득하고 있자니 토키야가 '그리고'라고 하며 계속 말했다.

"너는 '아무런 특기도 없는 일반인'도 아니잖아. 그렇게 자신을 비하할 필요는 없어. 어찌 됐든 전 프로──."

"…………."

"──아, 미안."

"……아니. 됐어."

일부러 그런 게 아니라 진짜로 말실수였던 모양인지 토키야는 미안하다는 듯한 표정으로 사과했고, 나는 살짝 고개를 저었다.

"지금은 이제 그렇게까지 트라우마는 아니야. 그러니까 그렇게 신경 쓸 필요는 없어."

만약에 중학교 시절이었다면──, 중학교 3학년 때였다면.

방금 그 한 마디만으로 과호흡 증세를 보였을지도 모른다. 머리나 가슴을 부여잡은 채 몸을 웅크렸을지도 모른다.

하지만──, 이제 괜찮다.

이제 나는 앞을 볼 수 있게 되었다.

몇 번이나 돌아보거나 고개를 숙이곤 하지만, 앞을 보는 횟수가 늘어나기 시작했다.

"흐음. 그럼 다행이고. 일단은 좀 걱정됐거든. 중학교를 졸업할 무렵 너는……, 솔직히 봐주기 힘든 상태였거든."

표정에 그늘을 드리운 채 토키야가 말했다.

"그 사건 때문에 중학교 3학년 때는 거의 학교에 오지도 않았고, 지망 학교를 낮추고, 고등학교 입학식 때도 죽은 듯한 눈이었고……, 이 녀석, 진짜 괜찮은가? 그런 생각도 들더라. 고등학교 같은 건 금방 그만둬 버릴 것 같았다고."

"…………."

"그런데 미인 선배하고 사이좋게 지내자마자 갑자기 기운을 차리더니 맨날 신나서 학교에 다니더라. 진짜, 걱정해서 손해봤다고."

"……나는 그렇게까지 단순하지 않아."

"단순하지. 기분 나쁜 일 때문에 인생에 절망했지만, 좋아하는 여자가 생기니 인생이 즐거워진 거잖아?"

"…………."

아무런 대꾸도 하지 못하는 나 자신이 분했다.

이것저것 긍정하기 껄끄러운 점이 있긴 했지만, 토키야가 한 말은 딱히 틀린 말이 아니다.

중학교 시절, 어떤 사건 때문에 인생에 절망했고, 모든 것에 싫증이 나서 급을 낮춰 입학한 고등학교 같은 건 당장 그만둬도 된다며 자포자기했을 텐데……, 정신을 차리고 보니 최근 1년 동안은 놀랍게도 개근상이다.

이상하다.

이래선 내가 마치 반한 여자가 생겨서 멀쩡해진 것 같잖아.

애초에 별로 풀 죽지 않았던 것 같잖아.

아니~, 그게 아닌데. 대충 설명하면 엄청 단순하지만, 사실 이것저것 심오한 드라마가 있었는데.

예를 들자면 작년 문화제라든가──.

"오. 보라고. 양반은 아닌가 본데."

토키야는 그렇게 말하며 학교 식당 출입구 쪽을 손가락으로 가리켰다.

거기에 있던 사람은 두 아름다운 3학년──.

"이봐, 저 사람들……, '사천왕' 중 두 명 아니야?"

"으엇, 진짜네. '흑갸루'하고 '유부녀'잖아."

"대단하네, 난 처음 봤어."

학교 식당에 있던 학생들 중 일부가 떠들기 시작했다. 아마 올해 입학한 1학년인 것 같다. 소문난 미소녀를 눈으로 직접 보고는 흥분하며 감동한 모양이었다.

두 미소녀는 주위의 선망 어린 시선을 전혀 신경 쓰지 않고 식권을 사서 음식을 받는 줄을 서 있었다.

'미소녀 사천왕'.

'흑갸루'──, 우쿄 안.

별명 그대로 흑갸루 같은 미소녀다. 눈부신 금빛 머리카락과 갈색 피부. 얼굴에는 본격적인 화장을 하고, 교복은 매우 헐렁하게 입었다.

우리 고등학교는 일단 진학교지만, 교칙 자체는 매우 느슨한 것으로 유명하다. 머리카락을 물들이는 것도, 교복을 대충 입는 것도 어지간히 지나치지만 않으면 혼나지 않는다.

이 자유로운 교풍 덕분인지 현에서는 인기가 많은 학교다. 애초에……, 나 같은 아싸에게는 치명적으로 맞지 않기 때문에 제1지망은 아니었지만.

그건 그렇고.

아무튼 교칙이 느슨하기 때문에 저런 식으로 'THE 갸루' 같은 차림새를 하더라도 교직원에게 지도를 받진 않는다.

그런 '흑갸루'와 같이 사이좋게 줄을 선 사람은──.

마찬가지로 '사천왕' 중 한 명, '유부녀'──, 시라모리 카스미였다.

둘 다 미소녀지만, 타입은 꽤 다르다. 한쪽은 갸루 같은 느낌을 잔뜩 내고 있고, 다른 한쪽은 온화하고 차분한 분위기를 풍겼다.

'사천왕'은 모두가 각자 독특하고 다른 미모를 지닌 소녀들의 모임이지만, 사이가 매우 좋아서 자주 함께 다닌다.

아니, 그 반대인가?

사이가 좋아서 함께 다니는 경우가 많기 때문에 주위 사람들이 '미소녀 사천왕'이라는 머리가 안 좋아 보이는 명칭으로 보르기 시작한 건가──.

"──그건 그렇고 신기하네. 카스미가 도시락을 깜빡하다니."

'흑갸루', 우쿄 선배가 조금 드센 목소리로 말했다. 음식을 받는 곳에서 여기까지는 거리가 좀 있지만, 목소리가 컸기에 아슬아슬하게 알아들을 수 있었다.

"아니~, 오늘은 늦잠을 좀 자버렸거든. 그래서 도시락을 쌀 시간이 없었어."

"흐음. 또 어려운 책이라도 읽은 거야?"

"음~, 뭐, 이것저것 좀. 그래도 가끔은 이러는 것도 좋지. 덕분에 안하고 같이 학교 식당에서 밥을 먹을 수 있는 거니까아~."

"호오. 귀여운 말을 하네. 상으로 내게 점심을 대접할 수 있는 명예를 주마."

"아하하. 절~대로 안 사."

꽤 가까운 거리감으로 즐겁게 이야기하는 두 사람. 미소녀 두 명이 그렇게 사이좋게 지내는 모습은……, 응. 뭐라고 해야 하나. 보고 있기만 해도 약간이나마 행복한 기분이 든다.

내가 멍하니 그런 생각을 하고 있자니.

"……앗."

문득 시라모리 선배와 눈이 마주쳤다.

그녀는――, 방긋 웃으며 살짝 손을 흔들어 주었다.

딱히 별 건 아니다.

매우 평범한 거다.

지금까지도 시라모리 선배는 학교 안에서 나를 보면 말을 걸거나 손을 흔들어 주곤 했다.

나는 '나처럼 수수하고 시원찮은 녀석이 시라모리 선배와 사이좋게 지내면 주위 사람들이 쓸데없는 감정을 드러내지

않을까'라고 자의식 과잉 같은 생각을 하기도 했지만, 그녀
는 그런 건 상관없다는 듯이 다른 사람들 앞에서도 아무렇
지도 않게 나를 대해 주었다.

그녀에게는 평소 같은 행동.

그럴 터인데——.

"소키치……, 너, 왜 숨는 거야?"

"돼, 됐으니까 좀 숨겨줘."

"누구한테?"

나는 재빨리 토키야의 커다란 몸에 숨어버렸다. 어째서
이런 행동을 해버린 건지 나도 잘 모르겠다.

그저——, 보고 있을 수가 없었다.

저렇게 예쁜 사람이 내 여자친구라고 생각하니……, 가슴
이 벅차고 머릿속이 새하얘져서 어떻게 할 수가 없게 되어
버렸다.

"……야, 소키치. 네가 무시해서 시라모리 선배가 '손을
흔든 게 아니라 벌레를 쳐낸 것뿐인데 왜 그러시죠?' 같은
연기를 시작했잖아."

생각했던 것보다 폐를 끼친 것 같다.

그럴 만도 하지.

손을 흔들었는데도 상대방이 무시하고 숨었으니까.

아, 젠장.

내가 지금 뭐 하는 거지?

어째서 이렇게 되어버린 거야?

"크큭. 고생이 많겠다, 응?"

토키야는 비꼬는 듯이 웃으며 등 너머로 나를 팔꿈치로 찔러댔다.

●

사귄다는 것은 좀 더 대단한 거라 생각했다.

좀 더 드라마틱하고, 판타지스럽고, 스펙타클할 거라 생각했다.

좀 더 충격적이고 극적일 거라 생각했다──, 쇼나 연극처럼 엔터테인먼트 같을 거라 생각했다.

예를 들자면 많은 러브코미디 작품에서 '사귄다', '교제한다', '커플이 된다'는 사건은……, 뭐라고 해야 하나, 하나의 결승점일 것이다.

이야기로서의 결승점이고, 말하자면 엔딩이다.

○○엔딩, 그런 거다.

주인공과 히로인이 만나고, 여러 가지 이벤트를 거치고, 그리고 마지막에 이어지는 것이 러브코미디의 왕도일 것이다. 사귀는 것은 이야기의 결승점이자 장대한 클라이맥스여야 한다.

그러니 현실에서도 분명히 사귄다는 것은 인생의 일대 이벤트일 거라 생각했다.

그렇기 때문에──, 지금 같은 상황에 전혀 대처하지 못하고 있다.

극적인 고백도, 충격적인 드라마도 없이⋯⋯, 이야기하다가 어쩌다 보니 이런 형태로 은근슬쩍 사귀기 시작해 버린 듯한 상황이라 마음과 머리가 전혀 따라잡지 못하고──.

"앗. 왔네, 왔어."

방과 후.

부실 문을 열자 시라모리 선배가 먼저 와 있었다.

접이식 의자에 앉아 책을 읽고 있던 그녀는 나를 보고는 책을 덮고 일어서서 이쪽으로 다가왔다.

"오늘은 오지 않을지도 모르겠다고 생각했어. 그야⋯⋯, 무시당해 버렸으니까, 나."

"⋯⋯⋯⋯⋯."

으윽.

역시 마음에 담아두고 있었구나, 낮에 있었던 일.

"쿠로야 군이 숨어 버려서 나는 아무도 없는 곳을 향해서 미소를 지으며 손을 흔든 안타까운 녀석이 돼버렸으니까."

"⋯⋯⋯⋯⋯."

"아~. 손을 흔들었는데 무시당하다니, 나 정말 미움을 사 버린 거겠지~."

"⋯⋯아, 아니에요. 그건."

"응? 그건?"

말꼬리를 잡으며 내 얼굴을 들여다보려 한다. 가까워, 가깝다고.

"그게 뭔데?"

"……죄송합니다."

"사과했으면 하는 게 아니라, 이유를 듣고 싶은 건데~."

시라모리 선배는 정말로 즐겁다는 듯이 물었다. 내가 아무런 말도 하지 못하고 있자니.

"혹시……, 쑥스러워진 거야?"

답을 새치기당해 버렸다.

"내가 여자친구가 되었다고 생각하니 갑자기 의식해서 얼굴을 제대로 볼 수가 없었다던가?"

"……윽."

완전히 정곡을 찔렸다.

하지만 그걸 인정할 수는 없다.

"아니에요……. 주위 사람들을 신경 쓴 거예요. 저 같은 게 선배처럼 유명한 사람하고 필요 이상으로 사이좋게 지내면……, 대중들이 뭔가 알아내려 하면 골치 아파지니까요."

"대중이라니. 여전히 자의식 과잉이네, 쿠로야 군은. 아무도 우리 같은 건 신경 안 써."

"……저는 자의식 과잉일지도 모르겠지만, 선배는 의식이 너무 부족한 거라고요."

아무도 내게는 흥미가 없겠지만, 선배에게는 흥미 있는 녀석들이 잔뜩 있을 것이다.

"흐음~. 뭐, 상관없긴 한데. 일단 쿠로야 군은 쑥스러워서 숨어 버린 거구나."

"아, 아니예요! 멋대로 사실을 각색하지 말아 주세요!"

"그래, 그래."

내 변명을 가볍게 흘려버린 다음, 시라모리 선배는 접이식 의자 쪽으로 돌아갔다.

왠지 매우 지친 듯한 기분이다.

그녀가 놀리는 건 1년 동안 많이 익숙해진 줄 알았는데……, 시험 삼아라고는 해도 커플이 되니 경험이나 내성이 전부 리셋된 느낌이다. 모든 것이 필요 이상으로 부끄럽고, 뭐라고 해야 하나……, 쑥스러워져 버린다.

에휴. 한심하네.

크게 한숨을 쉰 다음, 나도 접이식 의자에 앉았다.

시라모리 선배의 정면——을 벗어나서 대각선 앞쪽 자리에.

"음……."

그녀는 눈살을 찌푸린 다음, 벌떡 일어서서 자리를 옮겼다.

내 정면 의자로.

"……윽."

나는 곧바로 자리에서 일어나 다른 의자에 앉았다.

하지만 그녀도 마찬가지로 바로 일어나서 나를 쫓아왔다.

그런 다음 세 번 정도 똑같은 행동을 반복했다.

"어, 어째서 쫓아오시는 건데요?"

"쿠로야 군이 도망치니까 그렇지? 왜 정면에 안 앉아?"

"……오늘은 앉고 싶지 않은 기분이에요. 제가 어디에 앉든 제 마음이잖아요?"

"그럼 내가 어디에 앉든 내 마음이겠지?"

그렇게 이야기하며 세 번 정도 더 일어섰다 앉았다가 반복하다가.

"……풉. 아하하."

시라모리 선배가 웃음을 터뜨렸다.

나는 전혀 재미있지 않다.

이쪽은 필사적인데 말이야.

"왠지 말이야……, 1년 전으로 돌아간 것 같아. 저기, 기억해? 처음 만났을 무렵에 쿠로야 군은 정면에 절대로 앉아주지 않았거든."

"그, 그건……."

물론 기억하고 있다.

이 동호회에 들어와서 한동안 나는 선배의 정면에 앉지 않고 대각선 앞쪽 자리에만 앉았다.

이유……, 딱히 그런 건 없다.

부끄러웠기 때문에.

그것뿐이다.

애초에 나는 둘이서 4인용 이상 테이블에 앉을 때는 정면을 피하는 타입이다. 상대가 미인 선배라면……, 정면에 앉는 건 난이도가 꽤 높다.

"있지, 쿠로야 군……, 그거 알아?"

정겨워하는 듯한 목소리로 말하며 시라모리 선배는 자리

에서 일어나 책장 제일 아래쪽에서 오델로 세트를 꺼내왔다.

"내가 쿠로야 군하고 오델로를 하자고 제안한 이유."

"이유……?"

우리가 오델로를 하기 시작한 건 처음 만나고 2주일 정도 지났을 무렵이었을 것이다. 시라모리 선배가 집에서 가져와서 같이 하자고 제안했다.

그 이후로 이러쿵저러쿵하면서도 둘이서 노는 기회가 많아졌다.

"자기가 잘하는 분야를 내세워서 기선제압을 하려던 거 아닌가요……."

"……호오. 그런 식으로 생각했구나."

"앗. 아뇨, 저기."

"뭐, 그런 이유도 있긴 하지만."

그런 이유 맞네.

그럼 왜 한순간 실망한 표정을 지은 건데?

죄책감을 느껴서 손해 봤네.

"내가 원래 오델로를 좋아한다는 이유도 있지만, 가장 큰 이유는——."

흑백 돌이 양쪽 끝에 놓인 녹색 게임판이 테이블 위에 놓였다.

"——쿠로야 군이 정면에 앉아 줬으면 해서."

시라모리 선배가 말했다.

"……그런 이유 때문이었나요?"

"응, 그런 이유. 이걸 하려면 반드시 정면에 앉아야만 하니까~."

장난기 어린 목소리로 말한 건 뒤늦게 밝혀진 진실이었다.

——이제야 앞을 봐주는구나.

문득 떠올랐다.

1년 전.

오델로를 하자는 제안을 받고 거절하지 못해서 승부를 받아들인 내가 어쩔 수 없이 정면에 앉자, 그녀는 기다리다가 지쳤다는 듯이 그렇게 말했다.

당시에는 이해하지 못했던 말의 의미를——, 1년이 지난 지금에서야 이해할 수 있게 되었다.

"그러니까 원점으로 돌아간 셈 치고 한 판 할까?"

한가운데에 돌을 네 개 늘어놓으며 그녀가 말했다.

이렇게까지 판을 깔아주니 거절할 분위기가 아니었다.

나는 포기하고 그녀의 정면에 있는 접이식 의자에 앉았다.

어색한 움직임으로 고개를 들어 정면을 보니——, 그녀는 두 손으로 턱을 괴고 매우 즐거운 듯이 이쪽을 보고 있었다. 내가 고개를 드는 걸 기다리고 있었던 모양이다.

"후훗. 야호~. 어때? 정면에서 본 나는?"

"……윽!"

아, 젠장.

대체 뭐냐고, 진짜.

열 받을 정도로 귀여운 얼굴로 말이야……!

"……얼른 시작하죠."

"네, 네~."

가위바위보로 선공 후공 순서를 정했다.

내가 이겼기에 까만 돌을 하나 올려놓았다.

정식 규칙으로는 검은색이 먼저 시작하는 모양이지만, 우리는 선공 후공과는 상관없이 이름(쿠로(黑), 시라(白))의 색을 쓰는 게 암묵적인 규칙이었다.

"저기, 쿠로야 군."

돌을 놓으며 시라모리 선배가 말했다.

"나하고 사귀는 거……, 그렇게 부끄러워?"

"네?"

"쑥스러워?"

"으윽."

"긴장돼?"

"으, 억……, 무, 무슨 말씀이세요? 저는 딱히, 그런……."

"아니, 쿠로야 군이 척 보기에도 이상하니까."

어이가 없다기보다는 순수하게 신기해하는 것 같았다.

"……저 같은 녀석에게 여자친구가 생긴다는 건 지금까지의 가치관이 전부 뒤엎어지고 앞으로 살아갈 인생이 좌우될 정도로 중대한 일이라고요."

미학과 철학을 지닌 아싸. 인싸를 질투하지 않고, 인싸를 비방하지 않고, 주위에 원하는 것은 정적과 무관심──, 그런 캐릭터로 살아왔다고 생각했는데 한순간에 무너져 버린 것 같다.

가치관도 캐릭터도, 전부 뒤엎어지고 무너져 내렸다.

이 연애라는 매우 비합리적인 게임 때문에——.

"흐음~."

"선배는 아무렇지도 않은 것 같은데요."

"음……. 그렇지 않아. 나도 꽤 긴장했고, 쑥스럽거든."

그런가?

아무리 봐도 그런 것 같지 않은데.

시라모리 선배는 평소처럼——, 왠지 평소보다 더 신이 나서 나를 놀리려 하고, 나 혼자 들떠서 쩔쩔매는 것 같으니 허무한 느낌이 들었다.

"시, 시라모리 선배."

나는 말했다.

각오를 다지고 말했다.

"선배는……, 어, 어째서 저하고 사귀어 준 건가요?"

"응?"

"아니, 그게, 저기……, 선배도, 저를……, 조, 조, 좋아하는 거, 맞죠?"

용기를 쥐어짜서 한 질문은——, 오히려 용기와는 정반대, 불안함과 두려움에서 나온 질문이었을지도 모르겠다.

아니……, 그냥 촌스럽다.

으아. 내가 지금 뭐라고 한 거지?

남자친구가 여자친구에게 자신을 좋아하는지 확인하다

니. 불안한 마음을 마구 드러내고 있다. 자신감이 없다는 게 다 들통났다. 한심한 것도 정도가 있지.

"……음~~?"

나는 심장이 마구 뛰어대는 와중에 대답을 기다리고 있었지만, 시라모리 선배는 턱에 손을 대고 일부러 고민한다는 티를 팍팍 낸 다음에.

"안 가르쳐 줘~."

매우 심술궂은 미소를 지으면서 그렇게 말했다.

"네……? 왜, 왜요?"

"어~? 왜냐하면……."

그녀는 말했다.

"곤란해하는 쿠로야 군이 귀여우니까."

"──윽?!"

빌어먹을……!

대체 뭐야, 이 사람, 진짜~~~~?!

"후후후. 아, 그래. 그럼 이렇게 할까?"

그녀는 그렇게 말하며 게임판을 내려다보았다.

아직 둘 다 세 개 정도만 올려놓은 상태이기에 전황은 초반이다.

"이 승부에서 쿠로야 군이 이기면 가르쳐 주지."

"저, 정말로요?"

"응, 진짜야."

"……알겠습니다."

대충 진행하던 게임에 나는 새삼 몰입했다.

절대로 질 수 없는 싸움이 바로 지금 시작되었다.

"앗싸~! 내 승리!"

"······젠장!"

온 힘을 다해 이기러 나선 승부였지만, 결과는 내 패배.

절대로 질 수 없는 싸움이었는데, 그냥 져버렸다······.

"후후후. 안타깝게 되었네, 쿠로야 군. 그래도 왠지 거의 그쪽에서 자멸한 것 같은 느낌이었지만."

"크윽······."

패배한 원인은——, 질 수 없다는 압박감일 것이다.

너무 마음을 굳게 먹고 긴장해서 원래 실력을 발휘하지 못했다.

애초에 나와 시라모리 선배의 실력은 엇비슷하다. 최근 승률로 따지면 6 대 4로 선배가 더 높은 정도. 원래 실력이 약간 부족하니 내가 제대로 싸우지 못하면 지는 게 당연하다.

"자~. 그럼 쿠로야 군, 벌칙이야."

"어······, 그, 그게 무슨 소린데요? 처음 듣는 말인데."

"말 안 했으니까. 그래도 그냥 생각하면 맞지 않나? 그쪽에만 특전이 있는 승부는 공정하지 않잖아."

"그, 그건······."

"후후후. 뭘 해달라고 할까~?"

정말 신나게 생각에 잠긴 시라모리 선배.

나는 재판관의 판결을 기다리는 피고 같은 심정이었다.

이윽고 판결이 내려졌다.

"정했어~. 쿠로야 군은 내게 열 번 '좋아해'라고 말할 것."

"네, 네에?!"

"안 돼?"

"다, 당연히 안 되죠, 그런 거!"

"간단하잖아? 평소에 생각하던 걸 말하기만 하면 되니까."

"펴, 평소에 생각……~~윽!"

"전혀 대단한 벌이 아닌 것 같은데. 남자친구가 여자친구에게 '좋아해'라고 말하기만 하면 되는 거니까."

"……저, 저는 그런 식으로 말을 함부로 하는 걸 바람직하게 생각하지 않거든요. 평소에 그런 말을 함부로 하다가는 여차할 때 무게가——."

"안 돼, 안 돼. 변명해 봤자 소용없거든요오."

"……윽."

"자, 힘내서 말해 보자~. 제대로 해내면 상을 줄 테니까."

"사, 상……."

천사가 말한 악마의 제안을 앞두고 매우 큰 갈등이 나를 덮쳤다.

"……아, 알겠어요."

10초 정도 죽을 만큼 고민한 끝에 나는 그렇게 말했다.

심호흡을 반복하고 심장 고동을 겨우 차분하게 만든 다음.

"…………좋아해."

고개를 숙인 채 조용히, 작은 목소리로 말했다.

나는 나름대로 충분히 힘냈다고 생각했지만.

"안 돼, 안 돼. 이쪽을 제대로 보고 말해야지."

판정이 꽤 엄격했다.

"사, 상관없잖아요. 어딜 보고 말하든, 딱히……."

"안 돼."

시라모리 선배는 말했다.

입가에는 미소를 지었지만, 진지한 눈빛으로. 그 모습은 어딘가 불안해하는 것처럼 보이기도 했다.

"눈을 제대로 보고 말해 줬으면 좋겠어."

"…………."

이미 내게는 선택지가 없었다.

그녀가——, 세계에서 제일 좋아하는 사람이 그렇게 말하니 할 수밖에 없었다.

천천히 고개를 들었다.

시라모리 선배는 나를 빤히 바라보고 있었고, 그런 그녀와 눈이 딱 마주쳤다. 반사적으로 눈을 피할 뻔했지만, 필사적으로 참으며 눈을 계속 마주쳤다.

"……조, 좋아해."

나는 용기를 모조리 쥐어 짜내서 말했다.

시선은 피하지 않는다.

똑바로 마주 본다.

그녀는 나를 보고 있다——, 그것은 동시에 내가 그녀를 보고 있다는 뜻이다.

두 사람의 눈에 서로가 비치고, 우리 두 사람이 마주 보고 있다는 뜻이었다.

"좋아해, 좋아해, 좋아해."

겨우 세 글자. 하지만 특별한 세 글자.

이 말을 한 번 말할 때마다 뇌가 조금씩 녹아내리는 것 같은 느낌이 들었다. 평소 몇 겹이나 되는 갑옷으로 엄중하게 지키고 있던 마음이 점점 드러나기 시작했다.

"좋아해, 좋아해, 좋아해."

방과 후──.

저녁놀이 스며드는 부실에는 나와 그녀 둘뿐.

남자와 여자가 뜨겁게 마주 보며 남자 쪽만 몇 번이고 사랑을 속삭이고 있다.

이제 영문을 알 수가 없게 되었다.

뭐가 뭔지 알 수가 없다.

뭔가 꿈이라도 꾸는 기분이 들었다.

소리도 배경도, 모든 것이 멀어지고 이 세계에 나와 그녀, 단둘만 남아버린 것 같은──.

그러면서도 심장 소리만은 매우 시끄러워서 목소리에 열기가 담기기 시작했다.

"좋아해, 좋아해, 좋아해……, 다, 말했어요."

열 번 다 말한 순간, 단숨에 머리가 냉정해지고 의식이 현실로 다시 끌려들어 왔다.

"……아~, 이거……, 장난 아니네."

시라모리 선배는 두 손으로 입가를 막고 떨리는 목소리로 말했다.

볼은 붉게 물들었고, 몸을 배배 꼬면서 끙끙대고 있었다.

"응, 장난 아니야……, 이렇게 창피한 걸 용케도 해냈구나, 쿠로야 군."

"네? 서, 선배가 하라고 했잖아요!"

"아하하. 그랬지. 응, 감사합니다. 한껏 즐겼습니다."

농담처럼 말한 다음, 시라모리 선배는 일어서서 오델로를 원래 있던 책장에 정리했다. 그런 다음 자기 가방을 들고.

"그럼 오늘은 슬슬 돌아갈까?"

그렇게 말했다.

"어……, 저, 저기, 사, 상은요?"

"응~?"

"제대로 말하면 상을 준다고……."

"어라……, 그런 말을 했던가~?"

둘러대는 그녀를 보고 나는 절망할 수밖에 없었다.

젠장, 당했다. 또 놀렸던 거야.

최악이다…….

주도권을 잡힌 채 모든 것이 상대방의 손바닥 위에 있다.

이게──, 반한 쪽이 진다는 건가?

연애 게임에서 패배한 연애 약자가 받아들여야 하는 굴욕인가──.

"……그렇게 실망할 필요는 없는데."

꼴사납게 실망해서 앉은 채로 축 늘어진 내게 시라모리 선배가 조용히 다가왔다.

그리고 귓가에 입을 가져다 대고──, 말했다.

"나도 정말 좋아해, 쿠로야 군."

"~~~~~윽?!"

뇌와 마음이 한순간에 당해 버렸다.

달달하고 녹아내리는 듯한 목소리, 귀에 닿는 뜨거운 숨결, 어깨에 살짝 얹은 손에서 느껴지는 체온……. 그 모든 것이 일격필살의 파괴력을 자랑하며 온 힘을 다해 나를 죽이려 들었다.

완전한 오버킬.

몸도 마음도, 한순간에 그녀의 색으로 물들어 버린다──.

"무, 무슨……."

"후후. 이게 상이었습니다~. 어때? 기뻐?"

"……윽."

"아하하. 그럼 얼른 가자. 나는 먼저 갈게!"

그렇게 말하자마자 그녀는 부실을 나갔다.

나는……, 일어설 수가 없었다. 다리에 힘이 풀린 것 같았다. 몸이 스르륵 앞으로 기울며 쓰러지듯 테이블에 엎드려 버렸다.

Illustrations © Hyuuga Azuri

"……아아아, 으아아아……."

알아들을 수 없는 목소리가 입 밖으로 튀어나왔다.

안 되겠다.

영문을 알 수가 없다. 어떻게 해야 하면 될지 모르겠다. 가슴을 가득 채운 이 감정이 굴욕인지 행복인지도 모르겠다.

그녀의 목소리와 말과 숨결이 귀에 달라붙어서 떨어지질 않는다――.

"정말 좋아해, 라……."

간단히 말하는구나.

나는 죽을 것 같은 심정으로 '좋아해'라고 말했는데, 그녀는 매우 쉽사리 '정말 좋아해'라고 말하며 이렇게 내 마음을 엉망진창으로 만들었다.

"진짜 못 당하겠네, 젠장……."

●

시라모리 선배는 전철을 타고 통학하고, 나는 자전거로 통학한다.

동호회 활동이 끝나면 항상 둘이서 자전거 보관소까지 함께 가곤 했다.

둘이서 함께 교내를 돌아다니면 뭔가 소문이 날 가능성도 있을 거라 걱정했는데……, 불행인지 다행인지 딱히 소문이 나지는 않았다.

아마 함께 다녀도 사귀는 것처럼 보이지는 않기 때문일 것이다.

'시라모리 카스미가 남자하고 다니네……, 아, 동호회 후배구나. 그녀는 잘 돌봐주는 성격이니까 저렇게 시원찮은 아싸하고도 사이좋게 지내주는 거겠지.'

라는 식으로.

주위 사람들은 그렇게 인식할 거라 예상된다.

뭐, 이미 익숙해졌다. 주위 사람들이 어떻게 생각하든 상관없다. 어차피 아무도 내게 흥미가 없을 테니 나도 나름대로 마음대로 하자…… 라는, 어떤 의미로는 깨달음의 경지에 도달했을 텐데.

실제로 교제를 시작한 탓에 다시 경험치가 초기화된 느낌이 든다. 주위 사람들의 시선이 신경 쓰여서 어쩔 줄 모르겠다. 평소처럼 지내자고 생각할수록 평소가 뭔지 알 수가 없어진다. 어라? 내가 평소에 어떤 식으로 시라모리 선배하고 다녔지? 약간 앞에서 걸어갔던가? 약간 뒤쪽에서 걸었나? 바로 옆에서?

"그러고 보니 말이야."

자전거 보관소에 도착하자 시라모리 선배가 입을 열었다.

스스로에 대한 의심암귀에 빠지기 직전인 나 같은 건 신경 쓰지도 않고, 왠지 절실한 듯한 목소리로 말했다.

"쿠로야 군은 책을 빨리 읽는단 말이지."

"어……, 갑자기 왜 그러시는데요?"

"아니. 그냥 왠지 그런 생각이 들어서. 쿠로야 군은 내가 빌려준 책을 항상 금방 읽어 주잖아? 빌려준 다음 날이면 다 읽고 감상 같은 걸 말해주지. 처음 만났을 때부터 계속……."

"……뭐, 빌린 책은 최대한 빨리 읽고 주인에게 돌려주자는 주의라서요."

"혹시 말이야."

시라모리 선배가 말했다.

내 얼굴을 들여다보면서, 놀리듯이 웃으면서.

"내 관심을 끌어 보려고 한 거야?"

"무슨……."

"조금이라도 빨리 읽으면 내 호감도가 올라갈 거라 생각했어?"

"……아니에요. 착각하지 마세요. 제가 원래 그런 주의였을 뿐이라고요. 누구에게 빌린 책이라 해도 저는 하루 만에 읽고 돌려준다고요."

한숨을 쉬고 그렇게 말하며 나는 내 자전거의 잠금장치를 풀었다.

"정말, 자의식 과잉도 정도가 있죠. 그야 제가 시라모리 선배에게……, 저기, 뭐라고 해야 하나, 예전부터 호의 같은 감정을 품고 있긴 했지만, 그렇다고 해서 제 세계가 전부 당신 중심으로 돌아가던 건——."

"……그렇구나."

그러자 그녀는 쓸쓸해 보이는 표정을 지었다.

웃고 있긴 하지만 그 표정에는 자조하는 느낌과 낙담한 기색이 역력했다.

"아하하……, 창피하네. 내가 착각을 좀 해버린 것 같아."

"시라모리 선배……."

"난 말이지, 꽤 기뻤거든? 쿠로야 군이 빌려준 책을 금방 읽어오는 거. 내가 재미있다고 생각한 책을 금방 읽어서 와주고, 함께 재미있다고 말해주는 거. 책을 좋아하는 사람에게는 더할 나위 없이 기쁜 일이니까."

그 마음은——, 나도 정말 잘 알고 있다.

빌려준 책을, 포교한 책을 상대방이 금방 읽어준다.

이보다 더 기쁠 수는 없다.

왜냐하면——, 읽어주지 않을 경우가 많으니까.

"쿠로야 군도 책을 소중히 여기는 사람이니까 그런 건 확실하게 챙길 거라 생각하긴 했는데……, 그래도 혹시나 나에 대한 마음도 조금은 관련이 있지 않을까하고 기대한 부분도 있어서……. 그러면 좋겠다고 생각했는데……, 아하하. 미안, 너무 들떠 버렸던 모양이야."

"…………."

"그럼……, 갈게. 바이바이."

"자, 잠깐만요!"

당장에라도 울음을 터뜨릴 것 같은 표정으로 떠나려 하는 그녀를 보고 있을 수 없어서 나는 급하게 말을 걸었다.

시라모리 선배는 멈춰 섰지만, 이쪽을 돌아보지는 않았다.

"죄, 죄송해요……, 거짓말, 했어요. 사실……, 시라모리 선배가 한 말이 맞아요."

그녀의 뒷모습을 향해 쥐어짜내는 듯이 진심을 말했다.

"그런 주의 같은 거……, 사실 없어요. 애초에 친구가 별로 없어서 책을 빌린 적도 없고……. 빨리 읽은 건 선배한테 빌린 책이었으니까……, 다른 책이 쌓여 있어도 먼저 읽었고……, 저기, 뭐라고 해야 하나……, 저한텐 그 정도밖에 선배의 관심을 끌 만한 방법이 없어서……."

동경하는 선배와 책을 빌리고 빌려줄 수 있다.

나 같은 녀석에게는——, 그것만으로도 행복했다.

너무 기뻐서 자연스럽게 빨리 읽긴 했지만……, 솔직히 타산적인 마음도 있었다.

책을 좋아하는 사람은, 자기가 추천해 준 책을 누군가 빨리 읽어주면 정말 기쁘다.

그러니 조금이라도 빨리 읽으면 나에 대한 선배의 호감도가 조금이라도 오르지 않을까, 그렇게 약간 기대하고 있었다.

꽤나 멀리 돌아가는 어필이다, 스스로도 그렇게 생각한다.

직접 마음을 전할 수 없는 겁쟁이의 너무나도 멀리 돌아가는 연애 전략——.

"그러니까, 저기……, 선배가 한 말은 거의 정확하다고 해야 하나……."

"——호오~."

내가 말하던 도중에 갑자기 시라모리 선배가 들뜬 목소리로 말하며 돌아섰다.

"역시 그랬구나."

보란 듯이 활짝 웃는 표정.

사냥감이 함정에 걸린 것을 기뻐하는 것처럼 으스대며 활짝 웃는 표정.

"그랬구나, 그랬구나. 역시 쿠로야 군은 내 관심을 끌려고 필사적이었구나~."

"……어, 그……"

"후훗. 정말 귀엽구나, 쿠로야 군은."

"……윽?! 소, 속인 건가요?!"

"속였다니, 말이 심하네. 살~짝 슬퍼 보이는 표정을 지었을 뿐인데?"

"그런 걸 속였다고 하는 거라고요!"

"쿠로야 군이 먼저 거짓말을 하니까 그렇지. 솔직하게 인정하면 될 걸 쓸데없이 폼 잡고 말이야."

"……윽!"

당했다.

제대로 걸렸다.

쓸쓸한 느낌으로 자조하는 표정에 낚여서 부끄러운 진심을 전부 말해 버렸다.

"조심해야지~, 쿠로야 군. 여자들은 다들 사기꾼이니까. 이 정도에 속다니, 아직 수행이 부족한데?"

"……가, 갈게요!"

손가락 끝으로 이마를 찌르려 하는 선배에게서 도망치는 듯이 거리를 벌린 나는 자전거에 올라탔다. 매우 급하게 페달을 밟기 시작했다.

더 이상 추태를 보이기 전에 재빨리 도망쳤다.

뒤에서 즐겁게 웃는 소리와 함께 목소리가 들렸다.

"내일 봐~, 쿠로야 군."

"──윽?! 으~~ ……네, 내일 봐요!"

화가 났을 텐데, 분할 텐데, 굴욕일 텐데, 이런 상황에서 '내일 봐요'라고 말하는 나는 확실한 연애 패배자다.

○

1년 정도 전.

학년이 하나 올라서 2학년이 되고, 내가 대표를 맡은 동호회에 기대하던 새로운 멤버가 들어오고 나서 한 달 정도 지났을 무렵──.

"아~, 미안, 시라모리 양. 아직 다 못 읽었거든."

방과 후 교실.

책을 빌려준 반 친구에게 은근슬쩍 돌려달라고 재촉하자 돌아온 건 그런 대답이었다.

"그렇구나. 아니야, 괜찮아, 괜찮아. 잠깐 확인한 것뿐이니까."

빌려준 게 2주일 전인데 말이지──라든가.

그런 진심은 표정에 드러내지 않고 싹싹한 미소를 짓기만 했다.

그녀와는──, 솔직히 그렇게까지 친한 건 아니다.

2학년부터 같은 반이 되었고, 자리가 가까웠기에 처음으로 이야기를 나누었고, 어쩌다 보니 어느새 책을 빌려주게 되어버렸다. 아니, 당신하고는 아직 책을 빌리고 빌려줄 정도로 친밀도가 높지 않은 것 같은데요……, 그런 답답한 마음이 들었지만, 분위기를 봐서 빌려주었다.

그 이후로──, 2주일 동안 소식이 없다.

"시라모리 양, 정말 미안해~. 요즘은 좀 바빠서."

바빠 보이긴 하지. 노래방에 가거나, 멋진 카페에 가거나, 방과 후에 선생님에게 혼날 때까지 교실에서 수다를 떨거나. 아까 다른 사람하고 이야기하던 거 전부 다 들렸거든~.

마음이 더욱 답답해졌지만……, 태도로 드러내지는 않았다.

"아니, 괜찮아. 천천히 읽어도 되니까."

읽지 않을 거라면 상관없으니까 얼른 돌려줘……, 그런 진심은 숨긴 채 분위기를 봐서 적당히 말해두었다.

책 같은 거 정도로 발끈하면 분위기를 망치게 되어버리니까.

커뮤력──, 커뮤니케이션 능력.

이 세상을 살아가는 데 꽤 중요한 그 능력이, 아무래도 나는 다른 사람들보다 조금 더 높았던 것 같다. 자랑하는 게 아니라, 객관적으로 그렇게 생각한다.

사교적.

분위기를 파악할 수 있다.

싹싹하게 대해준다.

예전부터 그런 말을 듣곤 했고, 나도 왠지 그런 생각이 든다.

처음 만나는 사람과도 나름대로 사이좋게 지낼 수 있고, 처음 들어간 커뮤니티에서도 금방 익숙해진다. 예전부터 키도 크고 어른스러운 외모라 그런지 초등학생 때부터 반에서는 항상 '믿음직스러운 언니' 같은 위치였다.

상대방과 이야기를 하다 보면 상대방이 원하는 대답이나 해줬으면 하는 말을 왠지 짐작할 수가 있었다. '아, 이 사람은 고민을 해결해 줬으면 하는 게 아니라 그냥 공감해 줬으면 하는 것뿐이구나'라든지, 그런 느낌으로.

그러니 나는——, 분위기를 파악한다.

문제가 생기지 않게끔.

괜한 풍파를 일으키지 않게끔.

싹싹한 미소와 캐릭터로 분위기를 유지한다.

상황마다 다르게 요구되는 대답을 하면 커뮤니티가 원활하게 기능하고, 내 호감도도 올라간다.

분위기를 파악한다는 행동은 나아가서는——, 상황에 따

라 요구되는 '자신'을 연기하는 것이라 생각한다. 상대방에게 형편 좋은 '자신'을, 상황에 따라 받게 된 배역에 맞게 연기하는 것.

딱히——, 연기하는 게 고통스러운 건 아니다.

모두가 미소를 지어주면 기쁘고, 분위기를 망치면서까지 주장하고 싶은 '자신' 같은 건 내게는 없다. 친한 친구들과 지내는 건 즐겁고, 그렇게까지 친하지 않은 상대와도 적당히 웃을 수 있다면 그게 제일이다.

상대방이 좋아해 주는 '자신'을 연기하는 것이 나쁜 짓이라고는 생각하지 않는다.

그저.

가끔씩——, 어쩔 도리 없이 허무해지는 때가 있다.

열심히 분위기를 파악하고, 상황에 따라 요구되는 자신을 연기하고, '앗. 이런 상황이라면 시라모리 카스미라는 캐릭터는 약간 익살스러운 말을 해서 분위기를 띄워야지'라는 사명감으로 움직이고——, 그런 행동을 반복하다 보면 많은 사람들과 함께 지내는데도 고독한 느낌이 든다.

가끔 지쳐버릴 때도 있다.

사람들 속에서 분위기를 파악하는 것보다 혼자서 책을 읽고 싶어질 때도 있다——.

"——앗. 카스미."

출구를 향해 복도를 걸어가다보니 알고 지내는 여자애가 말을 걸었다.

"밋 쨩. 무슨 일이야?"

작년에 같은 반이었던 아이다. 주로 어울리는 그룹이 다르기에 같이 논 적은 별로 없지만, 뭐, 그냥 사이좋게 지냈다.

"카스미, 오늘 일정 있어?"

"음, 오늘은 바로 집에 가서 책을 읽을 생각이었는데."

"잘됐네! 그럼 같이 노래방 안 갈래?"

"…………."

"같은 반 친구하고 같이 가게 되었는데, 사이가 좋은 애가 별로 없어서……, 카스미가 있어 주면 기쁠 것 같은데. 카스미라면 모르는 애들이 많아도 괜찮지?"

"…………."

어라~?

나 일정 있는데. 바로 집에 가서 책을 읽는다는 중요하디 중요한 일정이 있는데. 그걸 확실하게 전할 생각이었는데.

어째서 '책을 읽는다 = 한가하다'라고 생각하는 거죠?

그래도 뭐, 어쩔 수 없나?

소설이나 만화를 '시간을 때우기 위해 읽는 것'이라고 보는 사람과 소설이나 만화를 위해 '시간을 내는' 사람 사이에는 영원히 이해할 수 없을 정도로 높은 벽이 있다.

세상의 분위기로 따지면……, 다른 사람의 초대를 '오늘은 책을 읽고 싶으니까'라는 이유로 거절하는 건 왠지 NG일 것 같은 느낌이 든다. 진심으로 그렇게 말하더라도 '어? 어째서 그렇게 빙 둘러서 거절하는데? 가고 싶지 않으면 가고 싶지 않다고 확실하게 거절해'라고 생각할 가능성이 크다.

언제 어디서나 자기 마음대로 읽을 수 있다는 독서의 메리트는 이런 상황에서 오히려 디메리트가 된다. '언제든 읽을 수 있으니 오늘 안 읽어도 되지?', 상대방은 그렇게 생각할 테니까.

아니, 나는 오늘 읽고 싶은데.

독서에도 마음 내킬 때가 있는데.

"잘됐다. 카스미가 와주면 든든할 거야."

안심한 듯이 미소를 짓는 밋 쨩.

아무래도 거절할 분위기가 아닌 것 같다. 어쩔 수 없다. 아마 내가 특이한 것일 테니 이번에는 양보하자. 친구의 제안보다 읽고 싶은 책을 우선시하는 건 보통 나쁜 행동일 테니까.

평소처럼 분위기를 파악하고 미소를 지으며 제안을 흔쾌히 받아들이려 한──, 순간.

"──시라모리 선배."

돌아보니 거기에 서 있던 사람은 한 살 연하인 후배이자 우리 문예동호회의 영광스러운 부대표──, 쿠로야 소키치 군이었다.

"이야기하시는데 죄송합니다. 잠깐 괜찮으실까요?"

"쿠로야 군, 무슨 일이야?"

"실은, 동호회 일로 요코미조 선생님께서 부르셔서요."

요코미조 선생님이란 문예동호회의 고문이다. 뭐, 고문

이라고 해도 동호회의 고문 같은 건 거의 명의만 올려놓은 거나 마찬가지이기 때문에 볼일이 있을 때 이외에는 거의 오지 않지만.

"선배도 데리고 오라고 하시던데, 괜찮으실까요?"

"앗. 그랬구나. 일부러 알려주러 와서 고마워."

쿠로야 군에게 고맙다는 인사를 한 다음, 나는 밋 쨩 쪽을 돌아보며 손을 마주 모았다.

"미안해, 밋 쨩. 볼일이 생겨버린 것 같아."

"아, 그런 것 같네~. 알았어. 그럼 나중에 또 부를게."

"응, 나중에 봐~."

작별 인사를 하자 밋 쨩은 손을 흔들며 떠나갔다.

"……그런데 신기하네. 요코미조 선생님이 동호회 일로 나를 부르다니. 저기, 쿠로야 군. 요코미조 선생님이 무슨 일인지 말 안 했어?"

그렇게 묻자 쿠로야 군은 눈을 피했다.

"……죄송합니다, 거짓말이에요."

그리고 머리를 긁으면서, 껄끄럽다는 듯이 말했다.

"어……, 어? 거, 거짓말?"

"네. 전부 거짓말. 요코미조 선생님은 안 부르셨어요."

"어, 어째서 그런 거짓말을……?"

"그건, 저기――, 시라모리 선배가 노래방에 가고 싶지 않은 것 같아서."

"…………."

나는 너무 놀란 나머지 말문이 막혀버렸다.

"죄송합니다. 이야기하는 목소리가 들려서요."

"……나, 표정에 드러났어? 가고 싶지 않다는 오라를 내뿜었어?"

"아뇨, 그냥 즐거워 보이긴 했는데……, 그래도."

쿠로야 군이 말했다.

"책을 읽고 싶다고 해서 한가한 사람 취급하는 거, 저였다면 엄청 열 받았을 것 같아서요."

"…………."

"한가해서 읽는 게 아니라 읽고 싶으니까 읽는 건데. 시간을 내서라도 읽고 싶은 게 있으니까 읽는 건데……, '책은 언제든 읽을 수 있잖아?'라는 듯이 일방적으로 상대방의 입장만 들이대는 건 정말 짜증 날 것 같거든요. 적어도 '일정이 있었는데 내게 맞추게 해서 미안해'라는 말이라도 해야 한다고——."

"…………."

"……아니, 저기……, 멋대로 이런 짓을 해서 죄송합니다. 혹시 노래방에 가고 싶으신 거였다면 지금이라도——."

"……아니."

내가 아무 말도 하지 않아서 그런지 쿠로야 군은 허둥대며 사과했지만, 나는 고개를 살짝 저었다.

"네 생각대로, 사실 별로 가고 싶지 않았거든."

"……그렇다면 다행이네요."

쿠로야 군은 안도의 한숨을 쉬었다.

"밋 쨩에게는 조금~ 미안하긴 하지만. 속인 것처럼 되어 버려서."

"그건……, 뭐, 미안하다고밖에 할 말이 없죠."

"아하하. 그렇지, 마음속으로 사과할게."

곤란한 표정을 짓고 있는 쿠로야 군을 보고 있자니 나도 모르게 웃음이 새어 나왔다.

"음…… 앗. 그렇지. 시라모리 선배, 이거요."

한참 화제를 찾으려는 듯한 침묵이 지나간 뒤, 쿠로야 군은 가방에 손을 넣어 안에서 문고본 한 권을 꺼냈다.

그것은 내가 빌려준 책이었다.

빌려준 건── 어제 방과 후.

"다 읽었으니 돌려드릴게요."

"어? 버, 벌써 다 읽었어?"

이번에 빌려준 책은 문고본이지만 500페이지가 넘는 대작.

1주일 정도는 걸릴 줄 알았는데, 설마 다음 날 돌려줄 줄이야.

"대단하네, 쿠로야 군. 빨리 읽는구나."

"……아뇨."

쿠로야 군은 무뚝뚝하게 말했다.

"저는 빌린 책은 최대한 빨리 읽는 주의라서요."

○

　문득 1년 전에 있었던 일을 떠올리며 나는 멀어져가는 자전거와 뒷모습을 바라보고 있었다.

　"……후훗."

　나도 모르게 웃음이 새어 나와 버렸다.

　그렇구나, 그렇구나.

　역시 쿠로야 군은 내가 빌려준 책이라서 빨리 읽어준 거구나.

　그 무렵부터 계속~, 나를 생각해 주었구나.

　그런데도 부끄러운 걸 숨기려고 '빌린 책은 빨리 읽는 주의' 같은 말이나 하고.

　쿨한 분위기를 풍기고, 무뚝뚝하게 행동하고──.

　"…………."

　두 손으로 볼을 눌렀다.

　어이쿠. 큰일이다, 큰일. 아무리 애를 써도 얼굴이 실룩거리네. 손으로 누르지 않으면 혼자 실실대는 수상쩍은 사람으로 보일 거야.

　억지 미소가 특기인 나도──, 그 반대는 좀 힘들다.

　너무 행복해서 무심코 지어지는 미소를 억누르는 건 꽤 힘들다.

　"──그 정도밖에 관심을 끌 방법이 없었다고……."

　그가 한 말을 떠올렸다.

너무나도 자기 평가가 낮고, 겸손한 말을———.

"······뭘 모르네, 쿠로야 군은."

전혀 모른다.

아무것도 모른다.

네가 얼마나 내 마음을 헤집어 놓고, 끈적끈적하게 녹였는지를———.

반에서 고립된 녀석이 쉬는 시간에 할 행동은 크게 세 가지로 분류될 것이다.

『공부, 또는 독서를 한다.』

『자는 척한다.』

『어디론가 나간다.』

오늘 나는 세 번째 패턴을 선택했다.

2교시 쉬는 시간.

교실을 나선 다음 딱히 목적도 없이 복도를 걸어갔고, 뚜렷한 목적도 없이 계단을 내려가다 보니 출구에서 신발을 갈아신고 있던 시모쿠라 토키야를 발견했다.

하품을 참으며 걸어오던 토키야는 나를 보고 손을 살짝 들었다.

"여."

"안녕. 뭐야, 토키야. 오늘은 늦게 왔네."

"늦잠 잤어. 메구미 씨가 나를 안 깨워주고 회사에 가버렸거든."

"……또 여자 집에서 잔 거야?"

집에 가지 않고 여자 집에서 바로 학교에 온 패턴인 모양이다.

그래서 셔츠가 축 늘어졌구나.

"응……, 어라? 메구미 씨? 지금 사귀는 사람은 사토미

77

씨 아니었나……?"

"사토미 씨하고는 이미 끝났어. 메구미 씨는 어제 처음 만난 사람이고. 사귈지 어떨지는 모르겠네."

"……그렇구나."

여전히 나와는 차원이 다른 세계를 살아가고 있는 것 같다.

처음 만난 사회인 여자와 그날 바로 침대행이라니, 무슨 고등학생이 그래?

나와는 정반대 방향으로 진학교에서 붕 뜬 타입이다.

"뭐야, 질색하는 표정 짓기는."

"아냐. 인생을 즐기고 있는 것 같아서 다행이라고 생각했을 뿐이라고."

"소키치야말로 제대로 즐기고 있어?"

"뭘 말인데."

"인생에서 첫 여자친구 말이야."

그는 놀리는 듯이 계속 말했다.

"그래서 진도는 어디까지 나갔어? 동경하던 시라모리 선배하고."

"……진도가 나갈 리가 없잖아. 그제 사귄 참인데."

"뭐야, 시시하게."

살짝 어깨를 으쓱이는 토키야.

"뭐, 너는 당분간 아무런 진도도 못 나갈 것 같긴 하지만. 네가 먼저 손을 대는 건 하늘과 땅이 뒤집어지더라도 있을 수 없는 일 같고."

"······바보 취급하지 마라."

계속 그런 말을 듣고 있자니 짜증이 났기에 대꾸하기로
했다.

"사귀게 된 이상, 나도 언제까지나 기다리지만은 않을 거
야. 내가 시라모리 선배를 리드해서 제대로 주도권을——."

"——내 이야기 해?"

"으아아악?!"

깜짝 놀랐다.

뒤에서 목소리가 들렸기에 이상한 소리를 지르며 물러나
버렸다.

"아하하, 너무 놀라잖아, 쿠로야 군."

돌아보니 시라모리 선배가 깔깔대며 웃고 있었다.

"보이길래 말을 걸어버렸지. 얏호~, 쿠로야 군, 그리고
시모쿠라 군."

"안녕하세요~."

토키야는 여전히 심장이 마구 뛰고 있는 나를 무시하고
태연하게 인사를 건넸다.

"혹시 내 이야기했어? 왠지 이름이 들린 것 같던데?"

"아, 아뇨, 아뇨······, 안 했어요. 전혀, 요만큼도······, 그,
그렇지? 토키야."

"크큭. 그래. 전혀 안 했지."

매우 초조해하는 내게 토키야는 웃음을 참으며 맞장구를
쳤다.

그런 다음.

"들었어요, 시라모리 선배. 그게……, 이 녀석하고 사귀게 되었다면서요."

우리의 교제에 대해 말했다.

어이쿠.

이거 혹시……, 위험한 건가?

이제야 눈치챈 건데……, 미리 의논하지도 않고 우리 관계를 멋대로 말해버렸다. 기분 나빠할지도 모르겠는데.

나는 그제야 걱정하기 시작했지만.

"아, 들었구나."

시라모리 선배는 딱히 신경 쓰지도 않았고, 오히려 그리 싫지만은 않은 것 같았다.

"후후. 뭐……, 그래. 실은 그렇게 됐거든."

"축하드려요. 소키치의 친구 대표로서 축복해드릴게요."

"와아, 고마워."

"뭐——, 당신이 진심이라면 말이지만요."

토키야는 그렇게 말한 다음, 입가를 치켜올리며 냉소적인 미소를 지었다.

"어……? 그게 무슨 뜻이야?"

정말로 궁금하다는 듯이 말하는 시라모리 선배에게 토키야가 한 발짝 다가섰다.

"소키치처럼 연애 경험이 전혀 없는 아싸 동정을 놀리는 것도 당신 정도 미인이라면 간단할 테니까요. 혹시 당신이 이 녀석의 순정을 가지고 노는 것뿐이라면——."

내려다보는 눈에 한순간 예리한 빛이 깃들었다.

하지만 그것은 정말로 한순간뿐이었다.

토키야는 곧바로 표정을 일그러뜨리며 웃었다.

"——저한테만 몰래 가르쳐 주세요. 이왕 놀리는 거 같이 이 녀석을 놀리면서 즐기고 싶으니까."

"뭐……. 야, 야."

"……풉. 아하하. 응, 알겠어. 그렇게 되면 제일 먼저 시모쿠라 군에게 가르쳐 줄게."

"부탁드립니다. 그럼 저는 이만."

토키야는 손을 살짝 흔들며 떠나갔다.

나는 두 사람에게 괴롭힘당한 기분이라 탐탁지 않았지만.

"……착한 애구나, 시모쿠라 군."

시라모리 선배가 조용히 그렇게 말했다.

"착한 애라고요?"

"농담처럼 말하긴 했지만, 아마 진지하게 쿠로야 군을 걱정하는 것 같아. 그래서 나한테 빙 둘러서 못을 박아두려 했던 거 아닐까? 내 친구에게 상처를 주면 용서하지 않겠다고."

"…………."

"좋은 친구를 뒀구나, 쿠로야 군."

"……뭐."

애매하게 말꼬리를 흐렸다.

인정하자니 왠지 쑥스러웠다.

"시모쿠라 군은 3학년 사이에도 꽤 화제가 되곤 해. 연락처를 물어보러 간 애도 반에 몇 명 있었고."

"저 녀석, 중학교 때부터 엄청 인기가 많았거든요."

"인기가 많은 것도 이해가 되네. 멋지니까, 시모쿠라 군."

"……시라모리 선배도 토키야처럼 키가 큰 훈남을 좋아하나요?"

무의식적으로 삐진 듯한 말투로 말해 버렸다.

그런 내 반응을 보고 시라모리 선배는 신이 난 듯이 입가를 일그러뜨렸다.

"응~? 어라, 어라, 질투하시나요? 쿠로야 군."

"윽……, 아, 아니거든요. 어디까지나 흥미로 물어본 것뿐이에요."

"후후후. 이 정도로 질투하다니, 쿠로야 군은 귀엽네."

"그러니까 아니라고요……."

내가 반론했지만, 시라모리 선배는 신나게 웃기만 했다.

그런 다음 약간 다가와서 귓가에 속삭였다.

"걱정하지 않아도……, 지금 나는 쿠로야 군 일편단심이거든?"

"~~윽?!"

귓가에 속삭인 그 한마디는 여전히 살상력이 엄청났다.

"……또, 또 그렇게 놀리시고."

"놀리는 건 아닌데. 사실을 말하는 것뿐이거든."

그 말과는 달리 말투는 역시 놀리는 것 같았다.

지금은 너 일편단심.

그 말은──, 아마 거짓말이 아닐 것이다.

그렇게 믿고 싶고, 그러니 믿기로 했다.

자기 평가가 낮기로 유명한 나지만──, 그래도 자신이 반한 상대가 한 말 정도는 믿고 싶다.

비굴해지거나 자학하면서 도망치는 건 간단하지만, 그래선 허무해질 뿐이고, 무엇보다 상대에게 실례다.

사귄 지 아직 사흘밖에 안 되었지만, 나와 시라모리 선배의 교제는 장난이나 몰래카메라 같은 게 아니라──, 진짜인 것 같다.

뭐, 그래도.

그렇다면 그것대로 신경 쓰이는 부분이 있다.

그냥 넘어갈 수 없는 문제가 있다.

그것은──, 시험 삼아, 라는 점이다.

『일단 시험 삼아 사귀어 볼래?』

시라모리 선배는 그렇게 말했다.

그럼……, 시험 삼아라는 건 뭐지?

과연 일반적인 교제와 뭐가 다른 걸까.

어디까지가 오케이고, 반대로 어디부터는 NG인 걸까.

나는 그런 부분을 확실히 해두고 싶다──.

"아니, 아니, 그걸 확실히 해두는 건 아니지."

방과 후, 문예부 부실에서 은근슬쩍 내 생각과 희망 사항을 전해보았지만, 시라모리 선배의 반응은 미지근했다.

　약간 어이없다는 표정으로 딱 잘라 거부했다.

　"뭐가 되고 뭐가 안 된다니……, 그런 걸 규칙으로 명문화시키면 분명히 시시해질 거야."

　"시시하다고요?"

　"시시하지. 분명히 시시하겠지."

　"……아니, 그래도, 어느 정도 선을 그어두지 않으면 제가 계속 신경 쓰인다고 해야 하나."

　"그럼 반대로 묻겠는데."

　시라모리 선배가 말했다.

　"지금 여기서――, 정말로 정해도 되겠어?"

　"어……."

　"지금 여기서 확실하게, 명확하게 규칙을 정해 버려도 되겠어? '시험 삼아 사귀는 커플이니까 여기까지는 오케이지만, 여기부터는 금지'라는 식으로."

　"…………."

　"그런 걸 정하면 정말 시시해질 것 같지 않아? 뭐라고 해야 하나, 연애의 밀고 당기기라든가 심리전이라든가, 그리고 분위기나 필링 같은……, 그런 커플의 묘미 같은 게 확 줄어들 것 같지 않아?"

　"……그, 그렇긴 하죠."

　나도 모르게 납득해 버렸다.

연애 경험은 거의 없으니 상상으로만 말할 수 있는 거지만…… 아마 평범한 커플은 이런 식으로 미리 규칙을 정하지는 않을 것이다.

"그렇지? 그런 건 두 사람의 관계나 그 상황의 분위기, 무드에 따라 정해지는 거니까 미리 정해두는 건 말도 안 되는 거야."

"……혹시 제가 엄청 촌스러운 질문을 한 건가요?"

"응…… 솔직히 말하면. 꽤 촌스러운 것 같아."

"……으윽."

"연애 경험이라곤 전혀 없는 남자애 같은 말을 하는구나, 싶었어."

"……으, 으윽."

시라모리 선배는 말하기 껄끄럽다는 듯이, 하지만 매서운 말을 꺼냈다.

이런. 마음이 꺾여버릴 것 같아.

나는 규칙이나 기준을 확실히 해두고 싶었지만……, 냉정하게 생각해 보니 그런 행동은 진짜로 촌스러울지도 모르겠다.

남자친구가 여자친구에게 '내가 어디까지 해도 돼?'라고 물어보는 거나 마찬가지다.

으아, 촌스러워.

자신감이나 경험이 없다는 게 전부 드러나서 죽을 만큼 촌스럽다……!

"아하하하. 정말, 그렇게 풀죽지 마. 딱히 신경 쓰진 않으니까."

시라모리 선배는 완전히 풀 죽은 나를 웃으면서 위로해 주었다.

젠장, 연애 게임 녀석.

여전히 규칙이 너무 애매해서 싫증이 난다.

"뭐, 너무 어렵게 생각하지 말고. 아. 그, 데이팅 기간 같은 거라고 생각하면 돼."

"데이팅 기간요?"

"응. 쿠로야 군, 알아?"

"어렴풋하게요."

데이팅 기간.

또는 그냥 데이팅.

해외, 특히 유럽에서 자주 보이는 연애 문화로 간단히 설명하자면——, '사귀기 전에 서로를 알아가는 기간'이 되려나.

유럽의 커플은 본격적인 교제를 시작하기 전에 데이팅 기간이라는 단계를 거치는 게 일반적인 모양이다.

"해외에는 이른바 '고백'이라는 게 없는 모양이던데요. 우리 일본인이 보기에는 믿기지 않지만요."

"그치~, 믿기지 않지~."

애초에 따지고 보면.

유럽에는 이른바 '고백'이라는 문화 자체가 존재하지 않는 모양이다.

'좋아합니다. 사귀어 주세요.'

이렇게 확실한 고백으로 교제가 시작되는 경우는 없다.

일본이나 아시아권이 공유하는 고백 문화가 세계적으로는 드물다고 하는데.

그럼 외국인은 고백도 안 하고 어떻게 커플이 되는 걸까.

그 답이——, 데이팅이라 불리는 기간이다.

괜찮다고 생각하는 상대가 있다면 본격적으로 교제를 시작하기 전에 우선 시험 삼아 교제 같은 걸 하는 과정을 거치는 모양이다.

말하자면 친구 이상 연인 미만 같은 관계라는 것이다.

"……서양에서는 교제하기 전에 데이팅 기간을 거친다는 걸 알고 있긴 했는데요……, 구체적으로는 잘 모르거든요. 고백하지 않는다면 데이팅 기간에는 어떻게 들어가는 건지, 그리고 어떻게 본격적인 교제로 발전시키는 건지……."

"그런 부분이 분위기하고 필링인 것 같아. 왠지 모르게 시작되어 있고, 왠지 모르게 헤어지거나 사귀는 것처럼. 일일이 확인하고 그러면 '초등학생 같다'면서 웃음을 산다는데."

"너, 너무 애매하네……."

또 분위기하고 필링 이야기야?

유럽식 연애란 이렇게 어려운 건가?

일본의 연애 게임조차 죽을 것 같은 나는 도저히 해외의 연애 게임을 따라잡을 수 없을 것 같다.

"……유럽 사람들은 마음을 확실히 말하는 사람들 아니었나요? 일본인이 거절할 때 말하는 '됐습니다', '괜찮습니다' 같은 애매한 표현을 싫어하는 거 아니었나요? 그런데 연애 쪽은 왜 갑자기 하고 싶은 말을 하지 않고 '눈치채라'라는 문화인 거지……?"

"아하하. 그렇긴 하지."

그렇게 말한 다음, 시라모리 선배는 뭔가 생각났다는 듯한 표정을 지었다.

앉은 채로 발을 슬쩍슬쩍 움직이기 시작했다.

"서양 연애에서는 직접적인 말이 아니라 상대방의 사인을 눈치채는 것 같은 게 중요하겠지."

"사인……"

"당신에게 마음이 있어요, 그런 사인. 예를 들자면……."

다음 순간, 오싹, 그런 감각이 등골을 스쳐 지나갔다.

테이블 아래.

정강이에 무언가가 닿았다.

쿡쿡 찌르거나 살짝 쓰다듬거나.

테이블 때문에 발치가 보이진 않지만——, 무슨 일이 일어나고 있는지는 맞은편에 앉은 선배의 장난기 어린 미소를 보니 금방 알 수 있었다.

"잠깐, 무슨……"

"후후. 이런 것도 그쪽 사인이라던데."

볼을 괸 채 빙긋거리며 미소를 보였다.

"테이블 아래에서 상대방의 다리를 찌르거나 하는 거. 해

Illustrations © Hyuuga Azuri

외 드라마 같은 데서 본 적 있지?"

"이, 있긴 한데요……, 자, 잠깐만요. 그러지 마세요."

"어~? 왜?"

시치미를 떼며 다리를 더 뻗는 선배.

"실내화는 벗었으니까 더럽지 않거든?"

……아니, 오히려 그게 더 위험하다고.

양말로만 감싸인 발끝이 정강이를 쓰다듬으며 움직였다. 발가락의 감촉까지 느껴지는 것 같아서……, 머리가 이상해질 것만 같았다.

"어떠신가요, 쿠로야 군. 제 사인, 확실하게 전달되고 있나요?"

"……그러니까, 그만하시라고요."

급하게 의자를 뒤로 빼고 선배의 다리로부터 도망쳤다. 더 이상 놀림당하는 건 싫었고, 무엇보다……, 더 이상 발가락으로 어루만지면 이상한 성벽에 눈뜰 것 같았기 때문이다.

"도망칠 필요 없는데."

"도망친 거 아니에요. 전략적 후퇴죠."

"그게 도망치는 거 아니야?"

"……아니에요. 후퇴예요. 언젠가 반격하기 위한 후퇴라고요."

"아하하. 그럼 언젠가 반격할 때를 기대할게."

정말 즐겁다는 듯이 웃는다.

반격, 이라……. 발끈해서 그런 말을 했지만…… 내가 이 선배에게 반격할 수 있는 날이 과연 오긴 할까.

"일단……, 지금 우리 관계는 서양에서 말하는 데이팅 기간 같은 걸로 하자."

시라모리 선배는 신발을 신으며 정리하려는 듯이 그렇게 말했다.

나도 납득하고 고개를 끄덕이──기 직전에 문득 눈치채 버렸다.

"……자, 잠깐만요. 시라모리 선배."

"응? 왜 그래?"

"데이팅 기간은 분명히……, 여러 상대와 동시에 진행되기도 하는 거 아니었나요?"

체험 기간은 어디까지나 체험 기간이다.

그렇기 때문에──, 그 기간에 다른 상대와……, 뭐, 어떤 관계를 맺는다 하더라도 그건 바람을 피우는 게 아니다.

처음부터 당당하게 여러 상대와 동시에 진행하는 패턴도 있다고 들었다.

두세 명과 동시에 시험 삼아 교제를 하고 모두와 여러 경험을 한 다음 진짜 상대를 정한다. 일본이었다면 빈축을 살 그런 행동이──, 야겜에서 히로인을 동시에 공략하는 듯한 수법이 서양의 데이팅 기간에서는 매우 평범하게 이루어진다……고.

"아…… 그러고 보니 그랬지. 데이팅 상대는 한 명이 아닌 경우도 있었을 거야."

"그, 그럼……, 우리가 사귀는 것도."

"음~. 그래도 그건 금지하는 규칙을 정하도록 할까?"

잠깐 생각한 다음, 시라모리 선배가 말했다.

"데이팅 기간처럼 시험 삼아 사귀는 커플이긴 하지만, 바람 피우는 건 전면적으로 금지하는 걸로. 이것만은 확실하게 일본식으로 가자."

"……그, 그런가요?"

필사적으로 아무래도 상관없다는 시늉을 하며 마음속으로는 안도의 한숨을 크게 내쉬었다.

아~, 다행이다…….

만약에 본고장의 데이팅 기간처럼 동시 진행도 괜찮다는 규칙이었다면……, 상상만 해도 토할 것 같다.

생각하고 싶지도 않다.

나 말고 다른 사람과 사귀는 시라모리 선배라니——.

"안심했어?"

그때.

내 마음을 들여다본 것처럼 싱글싱글 웃는 시라모리 선배. 나는 고개를 돌리며 '……딱히'라고 대답하는 것만으로도 벅찼다.

"후후. 아까도 말했지만 지금 나는 확실하게 쿠로야 군 일편단심이니까."

"…………."

"물론 쿠로야 군도 바람피우는 거 금지야. 나 말고 다른 사람을 보면 안 된다?"

"……시라모리 선배는 그렇다 치더라도 제가 바람피울 걱정은 안 하셔도 돼요. 선배 말고 다른 여자 연락처 같은 게 하나도 없는 남자니까요."

"그런 건 모르잖아? 혹시나 어느날 갑자기 쿠로야 군의 취향에 딱 들어맞는 초절 미소녀가 눈앞에 나타날 수도 있지."

"시라모리 선배 같은 사람이 한 명 더 나타난다고요? 그렇게 형편 좋은 기적이 두 번이나 일어날 리가——."

"어?"

깜짝 놀라며 눈을 동그랗게 뜬 시라모리 선배.

음……, 어, 어라?

잠깐만 기다려 봐.

내가 방금 뭐라고 했지?!

"……흐응~. 그렇구나."

처음에는 깜짝 놀라서 쑥스러운 듯이 얼굴을 붉히던 시라모리 선배도 서서히 입가가 뽐내는 듯이 치켜 올라가기 시작했다.

"호오, 호오~. 쿠로야 군. 그렇게 생각했구나."

기뻐하며 활짝 웃고는 테이블 위로 몸을 내밀어 내 얼굴을 들여다보려 했다.

나는 이제……, 온 힘을 다해 고개를 돌리는 것 정도밖에 할 수가 없었다.

"내가 취향에 딱 들어맞는다고 생각했구나~."

"……아니에요, 말이 잘못 나온 거라고요."

"초절 미소녀라고 생각했구나~."

"……말이 잘못 나왔다니까요."

"나하고 만난 걸 기적이라고 생각했구나~. 호오, 호오~."

"…………아~, 아~, 시끄러워요, 시끄러워."

나는 두 손으로 귀를 막았다.

말싸움을 할 때 그러면 반드시 지게 되는 귀 막기.

항복 선언이나 마찬가지다.

오늘도 마찬가지로 나와 그녀의 연애 게임은 내 완전 패배로 끝나버린 모양이다.

상대가 너무 강하다……, 아니, 내가 멋대로 자폭한 느낌이지만.

아무튼.

시라모리 선배와 시험 삼아 교제.

서양으로 따지면 데이팅 기간.

기한도 규칙도 존재하지 않고, 분위기와 필링으로 모든 게 정해진다는 매우 애매하고 흐지부지한 관계가 되어버렸지만──, 단 하나, '바람피우는 것 금지'라는 규칙만큼은 확실하게 명문화된 것 같았다.

Illustrations © Hyuuga Azuri

연애를 게임이라 한다면 일단 그게 망겜이라는 건 아마 세상의 모든 시원찮은 남자들의 공통적인 견해일 게 분명하겠지만——, 그 망겜 속에서 내가 제일 망할 요소라고 생각하는 부분.

그것은 강제 플레이라는 점이다.

평화로운 시대에 평화로운 나라에서 평범하게 살다 보면——, 또는 평화롭지 않은 시대에 평화롭지 않은 나라에 산다 하더라도.

아무래도 인간이라는 생물은 사랑에 빠지는 모양이다.

동물적이고 원시적인 본능 때문인 건지, 아니면 만물의 영장에 걸맞는 문화적 행동인 건지——, 그건 잘 모르겠지만, 아무튼 인간은 연애를 한다.

누구나, 어떤 녀석이나 살다 보면 보통 누군가를 좋아하게 되는 경우가 있을 것이다.

딱히 누군가에게 부탁한 것도 아닌데.

연애를 하게 해달라고 한 번도 부탁한 적 없는데.

뭐라고 해야 하나……, 강매도 정도가 있지.

세상에 망겜은 정말 많지만, 하고 싶다거나 사고 싶다고 하지도 않았는데도 강제로 플레이하게 되는 망겜은 거의 없지 않을까?

강제 플레이이자 강제 인스톨.

말하자면——, 악질적인 컴퓨터 바이러스 같은 거나 마찬 가지다.

어떤 계기로든 접해 버리면 끝장, 자신이라는 이름의 하 드 디스크에 '연애'라는 이름의 게임 어플이 강제로 인스톨 되고, 플레이할 수밖에 없게 된다.

그리고 더욱 골치 아프게도.

'연애'라는 이름의 망겜은——, 어처구니없을 정도로 용 량을 많이 잡아먹는다.

저장 장치 용량의 대부분을 소비하고, 동작이 느려져서 퍼포먼스 저하를 일으킨다. 이 게임을 인스톨해 버렸기 때 문에 다른 모든 프로그램이 동작 불량을 일으킬 가능성이 극도로 높다.

정말 망겜이기 짝이 없다.

자.

내가 그런 망겜에 마음을 먹혀버린 건 대체 언제부터였 을까.

●

입학식이 끝나고 딱히 아무런 일도 없이 1주일이 지났을 무렵——.

많은 고등학교가 그렇듯이 미도리바 고등학교에도 신입 생을 위한 동아리 활동 견학 기간이 마련되어 있다. 많은 신입생들이 희망하는 동아리 활동을 찾아가서 선배들과 함께 체험 입부를 해보거나, 어떤 접대나 환영을 받곤 한다.

그런 견학 기간 중 방과 후──, 나는 특별동 3층 구석에 있다는 문예부 부실로 향하고 있었다.

딱히 이유가 있었던 건 아니다. 책 말고 흥미가 있는 게 없기 때문에 일단 문예부라도 들어가 볼까하고 생각했을 뿐이다.

그리고.

이 시점에서는 문예부가 이미 폐부되어 문예동호회가 되었다는 사실도 몰랐다──, 그리고.

문예동호회의 유일한 멤버의 정체도 알지 못했다──.

"여긴가……."

문예부라는 간판을 확인한 다음, 심호흡을 한 번 했다. 진정해라. 괜찮아. 그렇게까지 신경 쓸 필요도 없어. 문예부 같은 곳에 소속되어 있는 사람은 어차피 스쿨 카스트 밑바닥인 아싸일 게 분명하니까(편견). 다들 나와 똑같은 사람들이다. 분명히 사이좋게 지낼 수 있을 거다. 책을 좋아하는 아싸들끼리 적절한 거리감을 유지하면서 적당히 사이좋게 지낼 수 있을 거다──.

그런 식으로 자신을 타이르며 문에 손을 가져다 댔다.

"시, 실례합니다."

일단 인사하며 문을 열었고──, 이내 숨이 멎었다.

매우 평범한 교실 같은 실내.

벽쪽에 있는 커다란 책장에는 수많은 책과 자료.

부실 중앙에는 긴 테이블이 있었고, 접이식 의자가 몇 개 놓여 있었다.

그녀는 그중 하나에 앉아 책을 읽고 있었다.

가녀린 손가락으로 페이지를 넘긴다. 눈매는 진지함 그 자체였지만, 입가에는 살짝 미소가 드리워져 있었다.

예쁘다, 그렇게 생각했다.

저녁놀이 스며드는 교실에서 혼자 책을 읽고 있는 그녀는 마치 한 폭의 그림 같은 매력과 아름다움을 지니고 있었다. 차분하고 아름답고, 그리고 왠지 신성한 느낌이었다.

하지만 그런 그림 같은 광경은 한순간에 무너지게 되었다.

내 존재를 눈치챈 그녀는 '앗' 하고, 입을 크게 벌렸다.

문고본에 책갈피를 끼우고 덮은 다음.

"혹시 문예부……, 아니, 문예동호회에 들어오려는 사람이야?!"

그렇게 소리치며 내 쪽으로 달려왔다.

"저기……."

"신입생, 맞지?"

"네, 네……."

"앗싸! 와~, 기쁘네. 절대로 아무도 안 들어올 줄 알았으니까!"

책을 읽고 있을 때 어른스러웠던 분위기가 마치 거짓말인 것처럼 밝고 친근한 느낌으로 대해주는 선배.

정작 나는…… 제대로 상대방의 얼굴을 보지도 못하고 있었다. 스스로도 눈이 떨리고 있다는 걸 알 수 있었다.

처음 만나는 사이, 선배, 게다가 미인.

나 같은 인간에게는 어떤 의미로 천적이나 마찬가지다.

방심하면 '어흐윽'이라는 이상한 소리가 나와버릴 것 같다.

"음, 어쩌지, 어쩌지. 신입생이 올 줄은 몰라서 대접할 만한 걸 아무것도 준비 안 했는데……, 자, 자, 앉아!"

그녀는 그렇게 말하며 나를 접이식 의자 쪽으로 안내했다.

먼저 그녀가 앉았다.

당연하게도 그다음에는 내가 앉을 차례였지만……, 그때 나는 고민한 끝에 대각선 앞쪽 접이식 의자에 앉았다.

갑자기 정면에 앉을 용기는 없다.

그녀는 한순간, '어? 어째서?' 같은 표정을 지었지만, 딱히 따지지는 않았다.

"음, 일단……, 문예동호회에 온 걸 환영해! 말은 이렇게 해도……, 멤버는 나밖에 없지만 말이야, 아하하."

"어……, 저, 저기."

자조하는 듯이 웃는 그녀에게 나는 반사적으로 물어봐 버렸다.

동호회라는 부분도 신경 쓰였지만, 그것보다 더——.

"여기에는 시라모리 선배밖에 없나요……?"

"응, 맞아. 아~, 뭐라고 해야 하나, 젊은이들의 활자 이탈이 심각한 것 같아서……, 아니, 어라? 내 이름은 어떻게 알

앗어?"

"아니, 저기……, 선배는 유명하니까요."

"……그거 혹시, '미소녀 사천왕' 같은 그거?"

"네, 네."

"으아……, 진짜로~? 벌써 신입생들에게까지 퍼졌나~."

싫은 듯한 기색으로 머리를 감싸 쥐는 선배——, 시라모리 선배.

부실에 있던 그녀에 대해 나는 알고 있었다.

'미소녀 사천왕' 중 한 명——, '유부녀' 시라모리 카스미.

나는 당연하게도 반에는 친구가 없지만, 주위에 있는 남자들이 자주 그 화제를 이야기했다. 리얼충 오라를 흩뿌리며 교내를 돌아다니는 그녀들을 멀리서 본 적도 있다.

"그 별명 싫단 말이지. '미소녀 사천왕'이라는 것만으로도 머리가 나빠 보여서 싫은데……, '유부녀'가 뭐야? '유부녀'가? 나, 기혼자 아니거든요~."

불만스러운 듯이 입술을 삐죽대는 시라모리 선배.

"뭔가……, 뜻밖이네요."

나는 말했다.

"선배 같은 사람이 문예부라니. 아, 아니, 여긴 동호회였던가요?"

"아하하. 그런 말 자주 들어. 카스미는 책 같은 거 안 읽을 것 같다고."

그녀는 살짝 웃은 다음, 읽던 문고본 쪽으로 손을 뻗었다.

"뭐라고 해야 하나……, 예전부터 좋아했거든. 책 읽기."

어른스러운 미소를 지으며 차분한 목소리로 중얼거렸다. 살짝 내리깐 시선으로 책을 바라보며 가녀린 손가락으로 겉표지를 쓰다듬듯이 만졌다.

그 미소와 행동은——, 깜짝 놀랄 정도로 아름다웠다. 고등학생 수준을 벗어난 색기와 매력이 있었기에 '유부녀'라는 별명을 붙여준 녀석의 마음을 이해할 수 있었다.

연상 소녀의 미모에 넋이 나가 있자니.

"아, 이거?"

내 시선을 눈치챘는지, 들고 있던 문고본을 내게 보여주었다.

"어. 아……, 네. 그거, 요즘 화제가 된……."

"……맞아. 이번에 영화로 나오게 되어서 요즘 매우 화제가 된 작품의 원작 소설……, 서점에 가면 들어가자마자 바로 눈에 띄는 곳에 쌓여 있을 것 같은 거……."

시라모리 선배는 곤란한 것 같기도 하고 창피해하는 것 같기도 한 표정을 보였다.

"으아~, 실수했네……. 왠지 창피하잖아?! 문예동호회 대표인데 이렇게 완전히 화제작 같은 거나 읽고 말이야. 교양이 전혀 없는 느낌? 아~, 으~, 신입생이 올 줄 알았다면 좀 더 딱딱한 명작을 읽으면서 위엄을 보였을 텐데……."

그 심정은——, 뭐, 이해가 된다.

'취미, 독서'라고 말하고 다니면 다른 사람이 추천하는 책이나 만화를 물어봤을 때 왠지 유명한 작품을 말하기 힘들다. '자칭 음악 애호가'가 인디 밴드를 추천하고, '자칭 영화 애호가'가 오래된 서양 영화를 추천하는 것과 비슷한 느낌인 것 같다.

"……딱히 상관없지 않나요? 책을 읽는 데 교양 같은 건 상관없어요. 오래되고 훌륭한 명작이라고 해서 반드시 대단하다는 법도 없고요——, 그리고."

그렇게 말하며 나는 내 가방 안으로 손을 집어넣었다.

그리고 그 안에서 문고본 한 권을 꺼냈다.

학교 쉬는 시간에 읽으려고 가져온 책.

그것은 우연히도——.

"저도 마침 요즘 읽고 있던 참이라서요."

시라모리 선배가 읽던 책과 같은 책이었다.

"어? 말도 안 돼?!"

그녀는 깜짝 놀라 소리치며 몸을 앞으로 내밀어 내가 들고 있던 책을 잡았다.

흥분한 건지 내 손까지 같이 잡았다.

으앗.

다, 닿았다.

여자하고 손이 닿아 버렸어……!

"정말이네……, 대단해~. 이런 우연도 있구나."

단숨에 심박수가 치솟아 버린 나와는 대조적으로 시라모리 선배는 손이 닿은 것 정도는 신경 쓰지도 않고 감동한 목소리로 계속 말했다.

"대단해, 대단하다고. 이건 이미 운명이지!"

"우, 운명…….."

"응. 너하고 나는 만날 운명이었던 거야!"

부끄러워하지도 않고, 정말 밝은 미소를 지으며, 그녀는 그런 말을 했다.

"아니, 이런 건 기적이라고밖에 할 수가 없는 확률이잖아? 우연히 만난 두 사람이 우연히 같은 책을 읽고 있었다니. 이 세상에 있는 수천만, 수억 권 책 중에서 우연히 일치하다니!"

"……아니, 고전 명작 같은 거나 마이너한 서양 책 같은 게 겹쳤다면 기적이었겠지만……, 이번 주에 일본에서 제일 많이 팔렸을 문고본이 겹친 거니까 그럭저럭 높은 확률이라고 해야 하나."

"……너는 그거구나. 분위기를 잘 못 맞추는 쪽."

"앗……, 죄, 죄송합니다."

"후후. 장난이야, 장난. 사과 안 해도 돼."

그녀는 한순간 불만이라는 듯한 표정을 보였지만, 곧바로 밝은 미소를 지었다.

"뭐, 기적이라는 건 과언일지도 모르겠지만 말이야, 그래도……, 좀 기뻐지지 않아? 이런 거."

"……네."

"왠지 앞으로 활동이 기대되네~. 취미가 맞을 것 같은 후배 군이 들어와 줬으니까. 앞으로 잘 부탁해, 음……, 앗. 미, 미안해. 아직 이름도 몰랐구나."

그러고 보니 이야기만 계속하다가 아직 나는 자기소개조차 하지 않았었다.

"쿠로야예요. 쿠로야 소키치."

"쿠로야 군이구나. 응, 기억했어."

시라모리 선배는 말했다.

"앞으로 잘 부탁해, 쿠로야 군. 오늘부터 당신이 부대표입니다!"

"…………."

어느새 내가 이 동호회에 입회하는 게 확정되어버린 모양이다.

그 이후로는 하교 시간까지 둘이서 계속 이야기를 나누었다.

대부분 책 이야기. 슬플 정도로 커뮤력이 낮은 나도 공통 화제만 있으면 처음 만나는 상대라고 해도 그럭저럭 이야기를 할 수 있다.

어떻게든 커뮤니케이션을 할 수는 있었다. 처음 만난 선배와의 대화라는 이벤트를 스스로도 깜짝 놀랄 정도로 스무스하게 해낸 것 같다.

여자와 이야기하면 긴장하는 걸 넘어서서 고통만 느끼는 나 같은 타입치고는 신기하게도 스트레스 없이 이야기를 나

눈 것 같다.

더 정확하게 말하자면——, 즐거웠……던 건지도 모르겠다.

즐거웠다.

할 수만 있다면 좀 더 그녀와——.

"——앗……, 벌써 시간이 이렇게 되었네."

창문으로 스며드는 저녁놀이 한층 더 붉어졌을 무렵.

벽에 걸려 있던 시계를 보고 시라모리 선배가 그렇게 말했다.

"정신없이 이야기를 해버렸네……. 큰일이야, 큰일, 어서 집에 가야 해. 고문인 요코미조 선생님은 하교 시간만큼은 꽤 엄하거든."

급하게 집에 갈 준비를 하기 시작했다.

시라모리 선배는 벗어두었던 블레이저를 다시 입은 다음, 급하게 테이블 위에 놓아두었던 책 쪽으로 손을 뻗었다.

처음에 화제가 되었던 문고본.

같은 제목인 책이 나와 그녀, 각각 한 권씩——.

시라모리 선배는 그중 한 권을 아무렇게나 들었다.

"앗."

"어……, 왜 그래? 쿠로야 군."

반사적으로 소리를 내버린 내게 시라모리 선배가 물었다.

하지만 나는——.

"……아, 아뇨. 아무것도 아니에요."

그렇게 대답한 다음, 나머지 책 한 권을 내 가방 안에 넣었다.

●

1년 뒤 현재.

시각은 밤 여덟 시 정도.

2층 내 방에서.

"에휴······."

회상에서 현실로 돌아온 나는 들고 있던 책 한 권을 바라보며 숨을 크게 내쉬었다.

그 책은——, 1년 전부터 내가 가지고 있던 것.

시라모리 선배와 처음 만났을 때, 둘이서 똑같은 책을 읽고 있었던 자그마한 기적을 경험하게 해준 책.

하지만 이건——, 내 책이 아니다.

"······내가 생각해도 진짜로 기분 나쁜 짓을 했지."

자기혐오의 한숨을 다시 내쉬었다.

그때.

사실은——, 눈치채고 있었다.

시라모리 선배가 **착각해서 내 책을 집어들었다는 것을.**

아무래도 둘 다 같은 시기에 같은 계열 서점에서 사서 그런지 쓰던 책갈피도 똑같은 거였지만——, 그래도 끼워져 있는 페이지가 달랐다.

그녀가 책을 든 순간, 금방 착각한 것을 눈치챘다.

그래서 '앗'이라는 소리를 냈지만——, 그 사실을 지적하지는 못했다.

정신을 차리고 보니 다른 책을 들어서 가방에 넣고 있었다. 모르는 척, 상대방의 책을 자신의 것으로 만들어 버렸다.

"……기분 나빠. 진짜로 기분 나빠."

자기혐오로 죽고 싶어진다.

어째서 그런 짓을 저지른 건지는 나도 알 수가 없다.

여전히 알 수가 없다.

내가 한 일인데——, 내가 한 일이라 알 수가 없다.

그냥 미인 선배의 소유물을 가지고 싶었던 것——은 아니라고 생각한다. 그런 스토커 같은 욕구를 품지는 않았다.

그냥, 뭐라고 해야 하나……, 로맨틱하다는 생각을 해버린 것이다.

요즘 스타일로 표현하자면 감성이라는 느낌이다.

우연히 만난 두 사람이 우연히 같은 책을 읽고 있었고, 그걸 서로 교환해서 가지고 있다니——.

"……아니, 어떻게 생각해도 기분 나쁘잖아."

자신에게 태클을 걸면서 나는 책을 책장에 다시 꽂았다.

책장 맨 윗단 제일 왼쪽——, 제일 눈에 잘 띄는 곳.

그것이 이 책의 정위치다.

솔직하게 말하자면——, 책의 내용은 내게는 별로 와닿지 않았다. 당시에 일본에서 엄청나게 팔려 나간 책에 트집을 잡을 생각은 없지만, 내 취향과는 약간 엇나간 책이었다.

하지만 이 책은 1년이 지난 지금도 내 방의 책장에 존재하고 있다.

제일 눈에 잘 띄는 곳에, 특별한 책으로 군림하고 있다.

"…………."

결국 나는 만난 순간에 휘말려 버린 것 같다.

연애라는 이름의 강제 인스톨되는 망겜에.

터무니없이 무거운 게임의 용량에 마음 대부분이 먹혀 버렸다. 잠을 자도, 깨어나도, 선배 생각만 하게 됐다.

선배가 머릿속에 가득 차서 싫증 나는 추억도, 시시한 과거도, 전부 머릿속 구석으로 몰아냈다.

좋은 말로 하면 첫눈에 반한 것.

나쁜 말로 하면…… 인싸 미소녀가 조금 잘해 줬다고 수수하고 시원찮은 아싸가 홀딱 반했다는 흐름. 공통 취미를 찾아내서 내게도 기회가 있지 않을까 생각하며 어리석고 주제에 맞지 않은 꿈을 품었을 뿐.

"시라모리 선배는 눈치챘을까, 눈치채지 못했을까."

결국 1년 동안 그녀가 지적하지는 않았다.

나는 언제 들통날지 전전긍긍하고 있었기에 안심이 되는 것 같기도 하고, 맥이 빠지는 것 같기도 해서 기분이 복잡하다.

"……응?"

그때――, 침대 위에서 충전하고 있던 스마트폰이 울렸다.

시라모리 선배가 보낸 라인이었다.

예전부터 메시지를 주고받긴 했지만, 커플이 된 이후로는 횟수가 많이 늘어났다.

상대방이 꽤 자주, 별다른 내용이 없는 메시지를 보내온다. 그 덕분에……, 꽤 익숙해지기는 했다.

짝사랑 시절에는 선배에게 연락이 올 때마다 당황하곤 했지만, 지금은 이제 라인 정도로 초조해하지는 않는다. 훗. 나도 언제까지나 쑥스러워하지만은 않는다. 어느 정도 성장했단──, 말이지.

그런 식으로 혼자 으스대던 나는 온 메시지를 보고 깜짝 놀랐다.

『내 생각, 하고 있었지?』

아무런 말도 없이 갑자기 그 문장 하나.

"……윽."

심장 고동이 빨라지고 얼굴이 뜨거워지는 게 느껴졌다.

아……, 정말, 진짜 이 선배는 뭐지? 겨우 익숙해졌다 싶었더니 이런 식이다. 나를 얼마나 초조하게 만들어야 성이 차는 건데.

겨우 호흡을 가라앉히고 답장 내용을 생각했다. 메시지라 다행이다. 만약에 통화였다면 달아오른 목소리를 들려줄 뻔했다.

『생각 안 했어요. 자의식 과잉이시네요.』

매우 쿨하게 답장한 줄 알았는데.

『거짓말만 하네.』

곧바로 온 대답이 이거.

대체 뭐지?

이 사람은 초능력자인가?

『거짓말 아니에요.』

『그럼 무슨 생각했는데?』

『'유부(油腐)'에 대해서 생각하고 있었어요. 새우튀김이니, 고구마튀김이니 다들 기름으로 튀기는데, 왜 두부를 튀긴 것만 유부라고 부르는 거지. 너도 순순히 두부 튀김이라고 하시지, 그런 태클을 걸고 싶어져서요.』

『아하하. 여전히 쓸데없는 걸 이상하게 열심히 생각하는구나.』

그런 다음 한동안 별 내용 없는 이야기를 주고받다가 적당히 타이밍을 봐서 내가 먼저 '할 일이 있어서요'라고 이야기를 끝냈다.

계속 메시지를 주고받고 싶은 마음도 있었지만, 너무 늦게까지 상대방을 잡아두는 것도 미안한 것 같다──, 그리고.

할 일이 있다는 것도 거짓말은 아니었다.

"……좋아."

혼자서 기합을 넣은 다음, 나는 책상에 앉아 노트북을 켰다.

방과 후 부실──.

"새삼 생각해 보니까 말이지~."

테이블 반대 쪽에 앉은 시라모리 선배가 문득 생각났다는 듯이 말했다.

참고로 나는 오늘 정면에 앉아있다. 저번에 그렇게 놀림을 당했으니까. 내게도 오기라는 게 있다.

"우리, 1년이나 함께 지냈잖아."

"이제 와서 무슨……."

"이렇게 인기척이 없는 밀실에서, 남자와 여자가 단둘이……, 날마다 함께 지냈구나, 그런 생각이 들어서."

"무슨 말을 하고 싶으신 건데요?"

"아니, 왠지……, 야하다 싶어서."

"……딱히 야하진 않잖아요."

"어~? 그래도."

시라모리 선배는 평소처럼 심술궂은 미소를 지으며 말했다.

"쿠로야 군은──, 계속 나를 좋아했잖아?"

"……윽."

"이 부실에서 아무렇지도 않게 둘이서 함께 지낼 때도, 계속~, 나를 좋아했잖아? 아무렇지도 않은 표정으로 이야기를 하면서 마음속으로는 연심을 불태우고 있었지?"

"…………."

"후후. 왠지 야하잖아."

아무 말도 하지 못하게 된 내게 싱글싱글 웃으며 말하는 시라모리 선배.

뭐가 야한지는 전혀 모르겠지만, 한 가지 확실한 게 있다면 '야하다' 같은 단어를 말하는 선배의 입이 훨씬 더 야하다는 사실이다.

"아~, 1년 전에는 생각도 못 했는데, 쿠로야 군하고 사귀게 되다니."

등받이에 몸을 기댄 채, 시라모리 선배는 살짝 위쪽을 보며 말했다.

"쿠로야 군은 어때? 나하고 사귀게 되는 걸 예상했어?"

"……그럴 리가 없잖아요. 애초에 제게 여자친구가 생길 거라는 생각조차 못 했는데요."

"흐음~. 그래도 사귀고 싶다는 생각은 한 거지?"

"……윽."

"그거구나……, 너는 정말 알아보기 쉽구나. 그렇게까지 솔직하게 반응하면 나까지 부끄러워지는데."

"시, 시끄럽다고요!"

얼굴을 살짝 붉힌 시라모리 선배, 그리고 아마 그것보다 두 배 정도는 얼굴이 빨개졌을 나.

"쿠로야 군은 자기가 포커 페이스가 능숙하다고 생각할 것 같은데, 실제로는 완전 서투르단 말이지. 표정에 다 드러나니까."

　매우 실례되는 말을 들은 것 같지만, 큰 목소리로 부정하기 힘들다.

　다른 녀석들 앞에서는 나름대로 능숙하게 표정을 지어낸다고, 내가 이렇게 동요한 모습을 드러내는 건 당신뿐이야, 라고. 물론 그런 말을 할 수 있을 리가 없지만.

　탐탁지 않아 하는 내게 시라모리 선배는 추가로 공격을 가했다.

　"저기, 저기, 쿠로야 군은 말이야. 내 어디가 좋아?"

　"……노 코멘트 할게요."

　"괜찮잖아. 가르쳐 줘~."

　"…………저처럼 여자에게 내성이 없고 수수한 아싸는 여자애가 조금만 잘해 주면 그것만으로도 상대방을 좋아하게 되는 생물이랍니다."

　"어~, 그게 무슨 소리야?"

　무뚝뚝하게 대답한 나를 보고 시라모리 선배는 곤란하다는 듯이 쓴웃음을 지었다.

　"그, 그쪽은 어떤데요?"

　놀림당하기만 하는 건 마음에 들지 않으니 나도 반격을 시도해 보았다.

　"선배는 제……, 어, 어디가 좋으신데요?"

　"응~? 그러니까~, 나를 정말 좋아하는 점."

　"~~윽?!"

반격에 순살당했다. 반격 같은 걸 생각한 것 자체가 잘못이었다는 걸 깨닫게 될 정도로 완벽한 카운터였다.

"나를, 정말 좋아하는 점."

"여, 여러 번 말할 필요 없어요……."

이거 안 되겠네.

이길 수가 없다. 이길 수 있을 리가 없어.

"그러고 보니 쿠로야 군."

쑥스러움과 패배감으로 끙끙대는 나를 무시하고 시라모리 선배가 화제를 돌렸다.

"우리가 사귀는 거 말이야, 주위 사람들에게 말할까? 하지 말까?"

"네?"

"쿠로야 군은 시모쿠라 군에게 말한 것 같은데, 다른 사람에게도 말했어?"

"……토키야 말고는 아무도 말 안했어요."

"흐음, 그렇구나."

"호, 혹시……, 말하면 안 되는 거였나요?"

"아니. 안 되거나 그런 게 아니라. 의논해서 정하고 싶다는 거지."

시라모리 선배가 말했다.

"나는 아직 아무도 이야기하지 않았는데……, 쿠로야 군은 어느 쪽이 더 좋아? 대대적으로 발표하고 싶어? 아니면 숨기면서 몰래 사귀고 싶어?"

"……이미 한 명한테 멋대로 말해 버려서 이런 말씀드리기 뭐하지만, 압도적으로 후자죠."

대대적으로 발표하는 건 절대로 사양이다. 나 같은 녀석이 사천왕 중 한 명과 사귄다는 걸 알게 되면 전교 학생들에게 빈축을 살 우려가 있다.

안 좋은 의미로 눈에 띄는 건 반드시 피해야 한다.

"흐음, 흐음, 그렇구나."

"선배는 어느 쪽인데요?"

"나도 후자겠지. 그렇게까지 숨기고 싶은 건 아니지만……, 일부러 떠들고 다니는 것도 뭔가 아닌 것 같거든……, 그리고."

그녀는 그렇게 말한 다음, 항상 그랬듯이 입가에 장난기 어린 미소를 지었다.

"숨겨봤자 어차피 들켜버릴 테니까, 그 전까지는 비밀 연애를 즐기고 싶거든."

이 사람이 진짜, 이렇게 귀여운 말을 하다니…….

"쿠로야 군은 정말 알기 쉬우니까 금방 들켜버릴 것 같단 말이지."

"실례잖아요. 제가 어딜 봐서 알아보기 쉽다는 거죠?"

"어~? 보면 쉽게 알겠던데? 일단 대전제로서 나를 좋아한다는 걸 내게 들키기도 했고."

"…………."

그걸 지적하면 아무 대꾸도 할 수가 없다. 확실히……, 토키야에게도 금방 들켰단 말이지, 선배에게 반했다는 거.

나는 얼마나 알아보기 쉬운 녀석인 거지?

"나를 좋아한다는 걸, 제일 들키면 안 될 나한테 들켜 버렸으니까."

"구, 구체적으로 말할 필요는 없거든요…….."

"후후후. 아, 그렇지. 좋은 생각이 났어."

즐겁게 웃고 난 다음, 시라모리 선배는 자리에서 일어섰다.

"나중을 위해서 조금 연습해 볼까?"

"연습? 무슨 연습이요?"

"쿠로야 군이 내게 익숙해지는 연습. 툭하면 동요하거나 초조해하지 말고 나와 함께 있더라도 태연하게 지낼 수 있게끔 연습하는 거야."

"……뭐, 뭘 할 생각인데요?"

약간 긴장하며 묻자 선배는 싱긋 웃으며 이렇게 말했다.

"데이트를 할 겁니다."

데이트라는 말을 듣고 제일 먼저 생각난 것은 쉬는 날에 둘이서 만나서 어딘가 가는 전개인데, 하지만 아무래도 이번에는 그것과는 좀 다른 것 같았다.

"……데이트라고 하길래 뭔가 했더니…… 그냥 같이 집에 가는 것뿐이잖아요."

"괜찮잖아. 이것도 어엿한 데이트거든? 방과 후 데이트."

시라모리 선배와 둘이서 역으로 가는 길을 나란히 걸어

갔다.

나는 자전거를 끌고 갔고, 그녀는 바로 옆에서 걸어가고 있다.

평소에는 자전거 보관소에서 헤어졌기 때문에 이렇게 함께 학교 밖을 걷는 건 첫 경험이었다.

"……저기, 시라모리 선배. 이거, 이것저것 모순되는 것 같은데요?"

"응? 뭐가?"

"제가 알기 쉬워서 주위 사람들에게 들킬지도 모르니까 연습하자고 해놓고……, 어째서 이렇게 눈에 띄는 짓을 하는 건데요?"

솔직히……, 정신을 차릴 수가 없다.

이대로 역으로 가는 도중에 누가 볼지 모른다.

"음~, 뭐, 괜찮겠지. 누가 보더라도 '동호회 비품을 사러 간다'라고 적당히 변명하면 되니까. 아까도 말했지만, 딱히 들키더라도 상관없고."

"너무 대충인데요……."

"그런데 쿠로야 군, 사실은 기쁘지? 나하고 방과 후 데이트할 수 있어서."

"……딱히."

"솔직하지 못하네."

시라모리 선배는 쿡쿡 웃었다.

그 이후로도 전철을 타고 통학하느라 평소부터 역을 이용

하는 선배가 재촉하는 형태로 둘이서 나란히 걸어갔다.

교차로에서 꺾어서 인기척이 드문 길로 들어서자――,
시라모리 선배가 거리를 약간 좁혀왔다.

그리고 놀리는 듯한 목소리로――, 말했다.

"저기, 저기, 쿠로야 군. 슬슬 손이라도 잡을까?"

"흐엑?!"

이상한 목소리가 나왔다.

너무 놀란 나머지 나도 모르게 발걸음이 멈춰 버렸다.

"무, 무슨 소릴 하시는 거예요? 선배……?"

"아니, 그렇게까지 이상한 소리는 안 한 것 같은데."

"이런 길 한복판에서 손을 잡다니……, 그, 그렇게 파렴
치한 짓을……!"

"아니, 아니, 파렴치한 짓 아니거든?"

그렇긴 하지.

파렴치한 짓은 아닐지도 모르겠다.

오히려 손을 잡는 걸 파렴치하다고 말하는 내 마음이 무
엇보다 파렴치한 건지도 모르겠다.

"풉……, 아하하. 너무 동요하는 거 아니야~? 손 정도는
아무렇지도 않게 잡을 수 있잖아?"

"……어, 어쩔 수 없잖아요. 저 같은 녀석에게는 꽤 중대
사라고요, 손을 잡는 건."

"정말, 손 정도로 그렇게 초조하면 어떻게 해? 나하고
사귀는 거니까……, 다른 곳도 만져도 되거든?"

"네……?"

다른 곳.

그 한 마디만으로 한순간 이것저것 망상하면서 나도 모르게 선배의 몸을 봐 버렸는데——, 특히 매우 봉긋한 부분을 집중적으로 봐 버렸는데.

"아~, 방금 망측한 생각했지?"

아무래도 나는 또 함정에 걸려버린 모양이다.

"후후, 쿠로야 군 변태~."

"~~윽?! 나, 남자는 다들 변태거든요!"

나는 억지 같은 말을 늘어놓는 것밖에 할 수 있는 게 없었다.

"그래서, 어떻게 할래? 쿠로야 군."

시라모리 선배는 으스대는 미소를 지으며 한쪽 손을 들었다.

주먹, 보자기, 그렇게 쥐었다 폈다 하면서 도발하는 듯이 말했다.

"손, 잡을 거야?"

"……안 잡을 거예요."

내게도 오기라는 게 있다. 이렇게 하나부터 열까지 선배에게 지배당한 것 같은 흐름 속에서 더 이상 마음대로 휘둘릴 수는 없지.

사실은……, 물론 잡고 싶긴 하지만. 너무 잡고 싶어서 견딜 수 없긴 하지만, 그런 마음을 남자의 오기와 자존심으로 억누르며 필사적으로 쿨한 태도를 보였다.

"뭐, 선배가 어떻게 해서든 잡고 싶다면 잡아드려도 되는데요?"

"흐음~, 그렇구나."

어떻게 해서든 주도권을 되찾기 위해 필사적으로 거만한 말을 쥐어 짜낸 나를 보고 선배는 의미심장하게 고개를 끄덕인 다음——.

스윽.

갑자기 나와의 거리를 좁혔다.

너무 갑작스러워서 깜짝 놀라 몸이 굳었다.

그런 내 손을——, 시라모리 선배가 망설임 없이 잡았다. 자전거 핸들을 잡고 있던 손을 살짝 끌어당겨 억지로 잡았다. 자전거가 쓰러질 뻔했지만, 반사적으로 다른 쪽 손으로 받쳐서 균형을 잡았다.

덕분에 다른 쪽 손은 의식하지 못했고——, 그 결과 선배가 그 손을 마음대로 잡아 버렸다.

어느새 두 사람의 손이 밀접하게 얽혀 있었다.

서로 깍지를 낀, 사람들이 말하는 이른바 연인 잡기——.

"에헤헤. 잡아 버렸네."

시라모리 선배가 기쁜 듯이 웃으며 말했다.

"어, 뭐……, 어? 어? 뭐, 뭐 하는 거예요? 선배……?"

"응~? 아니……, 잡아도 된다고 했잖아?"

그녀는 말했다.

"내가 어떻게 해서든 잡고 싶다면 잡아도 된다면서."

"……윽."

심장이──, 크게 뛰었다. 혈액이 끓어오른 것처럼 얼굴이 뜨거워지고, 머리가 제대로 돌아가지 않게 되었다. 그런 내게 시라모리 선배가 계속 말했다.

"어떻게 해서든 잡고 싶어."

"~~윽?!"

"오늘은 어떻게 해서든 쿠로야 군하고 손을 잡고 싶었어. 왜냐하면……, 오늘이 우리가 처음으로 방과 후 데이트를 하는 날이니까."

"……아, 알았어요. 알았다고요!"

필사적으로 멈춰 달라고 호소하자 시라모리 선배는 눈에 우월감을 드러냈다.

"후후후. 필살, 초 솔직 공격이었습니다~."

솔직 공격이라니.

그게 무슨 소리야. 방금 한 말이 전부 진심이었다는 건가? 생각해 보니 처음부터 왠지 멀리 돌아가면서 인기척이 없는 길로 오는 것 같았는데, 사실 나하고 손을 잡고 싶어서……. 아니, 어쩌면 이런 식으로 착각하게 만들어서 기대를 품게 하는 것도 선배의 작전일 가능성도──.

안 되겠다.

모르겠다. 아무것도 모르겠다.

Illustrations © Hyuuga Azuri

확실한 건——, 손에 느껴지는 감촉뿐.

태어나서 처음으로 잡아 본 여자아이의 손은 따스하고 부드럽고, 닿은 것만으로도 몸 전체에 달콤한 전류가 흐르는 것 같을 정도로 어처구니없이 행복한 감촉이었다.

"어때, 졌어?"

"……반칙이잖아요, 그런 거."

정말로 반칙이다.

이 선배는——, 내 여자친구는, 반칙 같을 정도로 너무 귀엽다.

인기척이 없는 길을 빠져나와 점점 역이 가까워지자 시라모리 선배는 자연스럽게 손을 놓았다. 아는 사람과 마주칠 것을 걱정한 건지, 아니면 그냥 다른 사람들 앞에서 손을 잡는 게 부끄러웠던 건지.

아쉽다는 생각도 들긴 했지만……, 솔직히 안심이 된다는 마음이 더 강했다.

좋아하는 사람과 손을 잡는다니, 연애 초보인 내게는 자극이 너무 강하다.

잡고 있기만 해도 HP가 팍팍 줄어드는 기분. 항상 독 웅덩이에 빠진 상태나 마찬가지일 것이다.

"일단 서점이라도 갈까?"

"그래요."

목적지는 2초 만에 정해졌다.

역의 자전거 보관소에 자전거를 세워둔 다음, 우리는 역 건물 안에 있는 서점으로 향했다.

그 사람이 책을 좋아하는지 여부를 구분하는 기준의 체크 항목 중 하나로——.

'사고 싶은 책이 없더라도 서점에 들른다'가 있을 것이다.

나와 선배는 그 항목에 힘차게 체크하는 타입이다.

거리를 돌아다니다가 시간이 나면 일단 서점으로 들어간다. 딱히 사고 싶은 책이 없더라도 적당히 가게 안을 구경하기만 해도 즐겁다. 계속 돌아다니다가 책을 한 권도 사지 않더라도 유익한 시간이었다는 생각이 든다.

다양한 책의 표지를 바라보기만 해도 즐겁고, 갑자기 눈에 들어온 책을 충동구매하는 것 또한 즐거움이다.

나 정도 되면 책뿐만이 아니라 서점 전체의 레이아웃만 봐도 즐겁다. 뭘 쌓아두는 건지, 미디어믹스 작품을 어떻게 전개하는지, 화제작을 팔기 위해 어떤 노력을 하는지, POP나 특설 코너……, 등등, 서점 점원분들의 다양한 전략이 정말 심오하다.

토키야 같은 녀석에게 말하면 '너, 이상해'라고 넘기겠지만——, 다행히 지금 옆에 있는 사람은 나와 비슷한 수준으로 책을 사랑하고, 서점과 서점 점원에 대한 존경으로 넘쳐나는 사람이다.

"앗. 이거, 문고본으로 나왔구나. 우와~, 멋진 표지네."

"괜찮긴 하네요. 하드 커버하고는 다른 매력이 있네."

"으~, 어떻게 하지, 문고본도 사버릴까. 이 작가분은 문고본으로 낼 때 문장을 잔뜩 바꾼단 말이지~. 그냥 가필만 하는 게 아니라 대사 같은 것도 팍팍 바꾸거든."

"아~, 그건 팬으로서 복잡하죠. 양쪽 다 정답, 평행세계로 받아들일 수 있다면 좋겠지만……, 그래도 작가가 확실하게 정답을 정해 줬으면 한다고 해야 하나."

"으으……, 일단 오늘은 보류할래. ……앗. 이거, 곧 시작되는 극장판 애니메이션 작품이네. 흥미가 좀 있었거든."

"전 이미 읽었는데요."

"어?! 말도 안 돼, 어땠어?"

"뭐, 개인적으로는——."

"아앗, 역시 말하지 마! 재미있었는지, 재미없었는지도 말하지 마! 아무런 예비지식도 없이 평소 때 감정으로 읽고 싶으니까."

"알겠어요. 일단 내일 가지고 올게요."

"응, 부탁할게~."

아——.

뭔가, 좋다.

즐겁고……, 엄청 차분해진다.

그제부터 교제하기 시작했고, 기쁜 반면에 마음이 정말 심하게 깎여나갔다.

뭐라고 해야 하나, 원정 경기라도 나온 느낌이 엄청 들었다.

……애인이 생겼다는 상황에 그런 소외감을 품는 나 자신이 꽤 안쓰럽지만, 분명한 사실이다. 나 같은 연애 초보에게는 모든 것이 미지수고 미개척지다. 규칙이나 전술을 모르는 게임을 조심조심 플레이하는 것 같은 긴장감이 항상 있었다.

하지만.

서점에서 책 이야기를 하는 지금은 우리 집 거실에서 편히 쉬면서 친숙한 게임을 플레이하는 것처럼 편안한 느낌이다.

사귀기 전에는 날마다 이런 느낌이었을지도 모르겠다.

날마다, 날마다, 책 이야기나 별 내용이 없는 이야기를 하곤 했다.

물론 사귀지 말 걸 그랬다고 생각하는 건 아니지만──, 그런 생각은 요만큼도 없지만, 그냥 선배와 후배였던 관계가 약간 그립기도 하다.

이제야 조금이나마 마음이 차분해진 것 같았다──, 하지만.

마음의 평온은 그렇게 오래 가지 못했다.

"봐, 쿠로야 군. 청춘 계열 페어래."

선배가 찾아낸 것은 서점 한켠에 설치된 특설 코너였다.

'청춘 계열 페어'라고 귀여운 폰트로 그려진 POP 아래에 수많은 책이 쌓여 있었다. 히로인 단독 표지인 라이트노벨, 캐릭터가 하늘을 올려다보는 구도인 라이트 문예, 하늘만 그려져 있는 일반 문예……, 왠지 청춘스러운 표지가 쭉 늘어서 있었다.

"……이런 식으로 장르를 구분하는 '청춘'만큼 애매한 표현은 없겠죠. '메인 캐릭터가 젊은이라면 일단 청춘으로 팔면 되겠지'라고 말하는 것처럼 안이한 마음이 느껴진다고 해야 하나……. 특히 의미를 알 수가 없는 건 '청춘 러브코미디'라는 호칭이에요. '역전 앞'처럼 의미가 겹친 것 같은 느낌인데……. 그야 잘못된 건 아니겠지만 '일단 청춘이라는 말을 붙여서 퀄리티가 높은 느낌을 내보자'라는 편집부의 잔머리가 느껴지고……."

"또~, 그렇게 삐뚤어진 소리만 하고."

시라모리 선배는 어이가 없다는 듯이 쓴웃음을 지으며 코너에 있는 책들을 바라보았다.

마치 어린아이가 뷔페에서 요리를 고르는 것처럼 천진난만한 눈으로 쌓여 있던 책들을 한 권, 한 권 바라보다가——.

"……윽!"

문득 표정이 굳었다.

코너 구석에 있던 어떤 책을 보고.

나는 그녀의 시선을 쫓아가다가——, 한순간 숨이 멎었다. 몸이 약간 싸늘해지고, 온몸에서 열기가 빠져나가는 것 같았다.

호오.

깜짝 놀랐네.

이 책이 표지를 드러낸 채 서점에 진열되는 일은 없을 거라 생각했다.

몇 년 전에 출판된 어떤 책.

아무런 화제도 되지 않고, 미디어믹스도 되지 않은 책이지만, 이번 청춘 페어에 맞춰서 서점 재고를 끄집어낸 것 같다.

장르를 따지면 일단은 청춘 소설이 되려나. '다른 특징이 없으니 일단 청춘이라는 이름을 붙여봤습니다'라는 느낌이 가득한 청춘 소설.

제목——, '검은 세계에서 하얀 너와'.

'세계'라든가 '너'라고 하면 청춘 같은 느낌이고 잘 팔릴 거라고 주장하는 것처럼, 안이하고 싸구려 같은 제목.

이 책은 어떤 작가의 데뷔작.

우스울 정도로, 팔리지 않았던 데뷔 작품.

그 작가는 이 책 이후로 책을 한 권도 내지 않았다——.

"쿠, 쿠로야 군……."

"——괜찮아요."

갑자기 당황하며 눈에 불안한 기색을 진하게 드러낸 시라모리 선배에게 나는 그렇게 대답했다. 스스로도 놀랄 정도로 차분한 목소리가 나왔다.

천천히 손을 뻗어 '검은 세계에서 하얀 너와'를 들었다. 배경이 메인인 표지였고, 구석에 작게 두 남녀가 그려져 있다.

이 책의 표지를 이렇게 확실하게 본 건 정말 오랜만이었다.

예전에는 표지를 보기만 해도 시야가 새까맣게 물들 정도로 기분이 축 처졌는데, 지금은 신기할 정도로 편한 마음으로 이 책을 볼 수가 있다.

"이제……, 괜찮아요."

똑같은 말을 되풀이하자 선배는 안심한 듯이 숨을 내쉬었다.

그리고 보니 토키야도 비슷한 반응을 보였지, 문득 그런 생각이 떠올랐다.

선배와 토키야에게 이 화제에 대해 과할 정도로 신경 쓰게 만든 모양이다.

정말……, 내가 생각해도 한심하다.

예전에 내가 얼마나 섬세한 녀석이었던 거지?

새삼 들고 있던 책을 다시 보았다.

'검은 세계에서 하얀 너와'.

지은이는──, 쿠로야 소키치.

중학교 시절에 내가 단 한 권 냈던 책.

자비 출판 같은 게 아니라 제대로 프로 작가로서 출판한 책이었다.

중학교 시절에 후회되는 건 셀 수 없을 정도로 많다.

후회가 되지 않는 것을 찾는 게 더 어렵다.

그중 하나─── '필명을 본명으로 한 것'이다.

딱히 이유는 없었고, 작가 이름을 본명 그대로 써버렸다.

혹시나……, 조금이나마 기대했는지도 모르겠다. '책을 내면 학교에서 화제가 되어서 반에서 인기가 많아질지도 모르겠다'라는 식으로, 척 보기에도 시원찮은 중학생다운 자기현시욕에서 생겨난 기대가 없었다고 하면 거짓말일 것이다.

결론부터 말하자면, 완전히 실패했다.

뭔가 필명이라도 생각했다면 그것과 함께 과거를 떼어낼 수도 있었을 것이다. 조금이나마 마음의 정리도 하기 편했을 것이다.

본명을 그대로 써버린 탓에 과거로부터 도망칠 수가 없다.

내 이름을 보거나 쓸 때마다 어쩔 수 없이 떠올리게 된다.

어설프게 이루어 버렸던 꿈의 자취를, 언제까지나 떨쳐버릴 수가 없다───.

●

지금으로부터 얼마 전.

시라모리 선배와 만난 뒤로 세 달 정도가 지났을 무렵일까.

"후후후~. 기다리고 있었어, 쿠로야 군."

그날 그녀는 내가 부실로 들어서자마자 그렇게 말했다. 평소보다 목소리 톤이 두 단계 정도 높았고, 설렘이 가득한 미소를 짓고 있었다.

"무슨 일 있었나요?"

"짜잔!"

그녀가 그렇게 말하며 보인 것은 어떤 책이었다.

'검은 세계에서 하얀 너와'.

그 책은 내 데뷔작이었다.

표지를 본 순간——, 단숨에 핏기가 가셨다.

"이거, 쿠로야 군이 쓴 책이지?"

"…………."

"아~, 깜짝 놀랐어. 쿠로야 군의 이름을 인터넷으로 검색해 보니까 바로 나왔거든! 저번에 살짝 '나도 예전에 써본 적은 있다'라고 하길래 혹시나 인터넷 소설 같은 게 나오려나 생각했는데……, 설마 프로로 데뷔했었다니! 정말, 왜 가르쳐 주지 않았던 거야?"

"…………."

"대단해, 대단하다고, 쿠로야 군! 설마 이렇게 가까운 곳에 프로 작가분이 있을 줄은 몰랐어! 나중에 사인해 줘! 앗……, 물론 이 책도 어제 다 읽었어. 정말 재미있——."

그녀가 신이 나서 떠들어 대는 말은 머릿속에 거의 들어오지 않았다.

숨을 쉬는 것만으로도 벅차고, 이내 숨을 쉬는 법도 잊은 듯이——, 나는 제자리에 무너져 내리며 무릎을 꿇었다.

"어……, 쿠, 쿠로야 군?! 왜 그래……, 으앗. 얼굴이 새파란데……! 괘, 괜찮아……?"

"……괘, 괜찮아요."

필사적으로 입을 열었다.

허세를 부리며——, 입을 열었다.

까맣고 묵직한, 다양한 감정이 한데 뒤얽혀서 뱃속 바닥으로 가라앉았다.

제일 큰 비중을 차지하고 있는 감정은——, 치욕이었다.

누구에게도 알리고 싶지 않았던 과거를, 제일 알리고 싶지 않았던 상대가 알아 버렸다.

역시 본명을 필명으로 쓰지 말 걸 그랬다, 그런 생각만 들었다.

●

내가 '소설가가 된다'라는 꿈을 품은 건 자연스러운 흐름이었을 것이다.

책을 좋아하는 소년으로서 매우 일반적인 사고회로였던 것 같다.

어렸을 때부터 바깥에서 노는 것보다 책을 읽는 걸 좋아하는 아이였고, 그렇기 때문에 자연스럽게 나도 이야기를

133

만들어 내고 싶다는 생각을 하게 되었다.

중학교에 들어가서 부모님께 물려받은 노트북이 생긴 뒤로는 실제로 혼자서 소설을 쓰게 되었고──, 그리고 당시에 유행하던 대형 소설 투고 사이트에도 올리게 되었다.

프로가 되고 싶다.

데뷔하고 싶다.

그런 생각이 없었다면 거짓말이겠지만……, 그래도 그건 정말로 막연한 생각이었다. 꿈이라고 하기에는 너무나도 어렴풋한 목표. 기회가 있으면 좋겠다, 그 정도의 희망적인 관측.

꿈과 취미 사이를 오가는 듯한 위치에서 초보 나름대로 즐겁게 창작활동을 하던 중학교 시절이었는데──, 어느 날.

투고한 작품 중 하나가……, 뭐라고 해야 하나, 약간 뜨게 된 것이다.

제목은 '검은 세계에서 하얀 너와'.

내 다른 작품과는 비교도 안 될 정도로 조회수가 늘어났고, 사이트 내부의 랭킹도 꽤 괜찮은 위치까지 올라갔다.

그리고──.

『당신 작품을 저희 회사에서 출판할 수 있을까요?』

출판사에서 서적화 제안이 들어왔다.

꿈인 줄 알았다.

이렇게 쉽사리 꿈이 이루어지다니——, 꿈인 줄 알았다.

지금은 투고 사이트에서 실력을 쌓고, 언젠가 자신 있게 내놓을 수 있는 작품을 쓰게 되면 어디든 신인상에 응모해 보자.

막연하게 그런 식으로 생각하고 있었던 나는 아닌 밤중에 홍두깨 같은 상황이었다.

『아~, 쿠로야 선생님, '검은 세계에서 하얀 너와', 엄청 재미있거든요! 중학생이 이렇게 재미있는 작품을 쓸 수 있다니, 선생님은 천재시네요! 천재 소년의 담당자가 된 걸 영광으로 생각합니다!』

제안을 한 편집자는 아츠기 씨라는 사람이었다.

성별은 남자, 나이는 30대 중반.

중학생인 내게는 전혀 알지 못하는 어른이란 그것만으로도 긴장이 되는 상대였지만, 아츠기 씨는 매우 밝은 사람이라 겨우 커뮤니케이션을 할 수 있었다.

『주인공과 히로인의 대화가 정말 괜찮네요. 사용한 단어나 문장에서도 선생님의 센스가 빛나고 있고요. 정말 재미있어요. 천재라는 말밖에 안 나오네요.』

내가 도호쿠 지방에서 살고 있었기에 이야기는 대부분 메일이나 전화로 나누었지만—— 아츠기 씨는 항상 작품을 칭찬해 주었다.

프로 편집자라고 하면 엄격한 눈으로 작품을 읽고, 마구 비판해서 다시 쓰라고 요구하는 이미지가 있었지만, 아츠기 씨는 한 번도 작품에 대해 나쁘게 말한 적은 없었다.

그저 한결같이——, 칭찬해 주었다.

중학생인 나를 '선생님'이라고 부르며 정중하게 존댓말을 해주었다.

당시에는 그가 해주는 칭찬 전부가 기뻤다.

그야 어느 정도 빈말도 있을 거라 생각하긴 했지만——, 그래도, 그럼에도 불구하고 내 소설이 프로 편집자에게 인정받았다는 사실이 너무 기뻐서 견딜 수가 없었다.

하지만.

불만이 없는 건 아니었다.

불만이라고 부를 정도까지는 아닌 의혹 같은 감정은 항상 머릿속 한구석에 있었다——.

『원고 수정요? 괜찮습니다, 쿠로야 선생님. 이 작품은 이미 고칠 필요가 없을 정도로 재미있으니까요. 완성된 완벽한 작품이에요. 그리고……, WEB에 연재하던 작품은 서적화하면서 원고를 이상하게 고치면서 원래 팬들을 실망시키는 경우도 있거든요.』

『아, 일러스트레이터는 저희에게 맡겨주세요. 이미 대충 눈여겨본 사람이 있으니까요. 희망……? 뭐, 말씀하시는 건 자유지만요……, 그래도 신인 작가분이 말씀하시는 일러스트레이터는 보통 엄청 유명해서 엄청 바쁜 사람이거든요. 그런 분이라면 간행 속도가 불안정해질 위험이 크니까……..』

『패키지 부분은 프로인 저희에게 맡기시고 쿠로야 선생님께서는 WEB 연재에 힘써주세요. 요즘 WEB 소설은 투고 사이트의 원작이 얼마나 활발하게 갱신되는지도 서적의 매출에 큰 영향을 주니까요. 그리고 활동 보고도 자주 갱신하시면서 팬분들에게 서적 선전을 팍팍 해주시면 감사하겠습니다. 아. 예약 배너를 붙여두는 것도 잊지 마시고요.』

순조롭다고 하면 순조롭게, 출판을 대비한 작업이 진행되었다.

나는 그저——, 아츠기 씨의 지시에 따랐다.

패키지는 그쪽에 일임하고, 이미 있는 원고는 전혀 수정하지도 않고, 그저 WEB 원작을 열심히 갱신했다. 지금까지 별로 신경 쓰지 않았던 활동 보고도 자주 갱신하고, 독자분들하고도 적극적으로 교류하려 했다.

나와는 상관이 없는 곳에서 출판 준비가 진행되는 와중에 그저 WEB 연재에 집중했다.

뭔가 이상한 것 같긴 했지만, 다른 편집자나 편집부를 알지 못하는 나는 '원래 이런 건가?'라고 생각했다.

이러쿵저러쿵하던 동안 시간이 흘렀고——.

드디어 내 데뷔작이 발매된 날이 찾아왔다.

그리고——.

우스울 만큼 팔리지 않았다.

매출 부진으로 인한 1권 이후 발매 중단.

그 전달은 너무나도 신속했고, 발매 이후 1주일 정도 만에 바로 연락이 왔다.

전화기 너머로 아츠기 씨는 미안하다는 듯이 '저희 힘이 부족한 탓에 죄송합니다만, 지금 매출로는 속권을 낼 수가 없습니다'라고 설명해 주었다.

충격──을 받긴 했지만, 솔직히 그 정도까지는 아니었다.

굳이 말하자면 의욕이 더 컸을 정도다.

뭐야, 젠장, 그렇게 발끈하는 마음으로 가득했다.

그야 물론 데뷔작부터 엄청 잘 팔려서 대히트를 친다면 최고였겠지만, 세상이 그렇게 어설플 리가 없다. 발매가 중단된 건 슬프지만, 풀죽어 있을 수는 없다. 괜찮다. 데뷔작이 실패한 뒤에 나중에 대히트를 친 작가는 세상에 잔뜩 있다.

내 작가 인생은 이제 막 시작한 참이다.

왜냐하면.

나는.

프로 편집자가 인정하는 천재 소년이니까──.

"……알겠습니다. 발매 중단은 어쩔 수 없죠."

『네. 죄송합니다.』

"그런데 다음 작품 말인데요……."

『그렇죠. 마음을 다잡고 다음 작품을 열심히 쓰는 게 좋을 겁니다.』

"네! 저, 열심히 하겠습니다!"

『그럼──.』

아츠기 씨는 말했다.

평소와 마찬가지로 밝은 말투로, 당연하다는 듯이.

『그게 WEB에서 인기가 많아지면 또 연락드리겠습니다.』

어? 그런 생각이 들었다.

내가 말문이 막힌 사이에 아츠기 씨는 '힘내세요. 선생님의 성공을 기원하겠습니다'라고 말한 다음 재빨리 전화를 끊었다.

그 이후로 연락은 오지 않았다.

내가 신작 플롯 같은 걸 몇 번 보내봐도 아무런 감상도 없이 '일단 WEB에 투고해서 반응을 보는 게 어떨까요?'라는 대답만 받을 뿐.

어라? 그런 생각이 들었다.

무언가가 이상하다.

작가가——, 원래 이런 거였나?

프로가——, 원래 이런 거였나?

나는 천재 아니었나——.

『아츠기 씨 말이지……. 그 사람, 진짜로 아무것도 안 하는 편집자거든. 책을 여러 권 내기만 하면 된다고 생각하는 타입이고. 싫어하는 사람은 진짜로 싫어해.』

단 한 번 갔던 출판사의 파티. 거기서 알고 지내게 된 선배 작가에게 지푸라기라도 잡는 심정으로 의논했더니 그런 대답을 들었다.

필명은 우미카와 레이크.

여러 출판사에서 10년 가까이 책을 낸 베테랑 작가로 소설뿐만이 아니라 만화 원작이나 게임 시나리오 등, 다방면에서 활약을 보이고 있다. 여러 출판사와 게임 회사에 연줄이 있고 업계의 뒷면도 잘 알고 있는 사람이었다.

『작가가 보낸 원고를 전혀 고치지 않고 그대로 출판하는 걸로 유명해. 그런 주제에 엄청 칭찬한단 말이지. '천재다'라든가 '센스가 있다'라든가……, 누구에게나 할 수 있을 법한 말을 적당히 해대고. 원고를 수정하지 않는 게 편집자는 더 편하니까.』

이야기를 들어 보니——.

당시 출판 업계에서는 소설 투고 사이트에서 연재하는 작품을 서적화해서 출판하는 게 유행했던 모양이다.

엄청나게 유행했던 것 같다.

너무 유행해서 출판사끼리 스카웃 경쟁 같은 현상이 발생했고——, 인기가 있는 작품은 전부 낚아채서 모조리 서적화되었다.

그러자 편집자 중에는 아직 미숙한 작품을 낚아채는 짓을하는 사람도 나타났다고 한다.

이미 성장 동력을 잃은 업계에서, 이제 막 싹이 튼 재능을, 아직 덜 자란 재능을, 뿌리째 낚아채기 시작했다.

작품의 문장량도 적고, 이제 인기가 좀 생기기 시작해서

장래도 알 수 없는데도 다른 레이블에서 제안하기 전에 미리 확보해둔다.

조금이라도 화제가 되면 일단 제안한다──.

『WEB 연재에 손을 댄 이후로 아츠기 씨는 신이 났지. 사이트 랭킹만 보고 높은 순서대로 제안한 다음에 수정도 안 하고 그냥 출판하기만 했으니까. 꽤 많은 WEB 작품을 빠르게 출판해 대서 나름대로 결과도 냈어. 'WEB 연재는 서적화할 때 원고를 수정하지 않는 게 낫다'라는 의견도 있었으니까. 아츠기 씨에게는 천직 같은 일이었겠지.』

우미카와 선생님은 혐오감이 섞인 목소리로 계속 말했다.

『나는 싫긴 하지만…… 뭐, 무조건 악당이라고도 할 수는 없거든. 상성이 좋은 작가분도 있어. 편집자가 아무것도 안 해줘도 초고부터 100점 만점인 원고를 넘기는 천재 작가에게는 어떤 의미로는 편한 담당 편집자니까. 일단 작품을 칭찬해서 띄워주고, 기분 좋게 쓸 수 있게 해주는 편집자이긴 해.』

그 말은 사실일 것이다.

예를 들자면 나와 마찬가지로 아츠기 씨가 제안한 WEB 연재 작품이 같은 달에 발매되었는데──, 그쪽은 발매 직후부터 증쇄를 연달아 찍어서 훌륭한 매출을 기록했다. 잘 풀리는 사람은 잘 풀리기 마련이다.

무엇보다.

나 자신도──, 기분이 좋았다.

천재다 뭐다 칭찬받으니 기분이 정말 좋았다.

상대방의 칭찬을 순순히 받아들이며 나 자신을 천재라고 생각할 수 있었다.

편집자가 아무것도 해주지 않아도 완성된 원고를 넘길 수 있는 작가라면 분명히 그런 편집자가 담당하더라도 문제가 없을 것이다.

진짜 천재라면——.

『확실하게 말할게, 쿠로야 군.』

우미카와 선생님은 말했다.

『네 작품은——, 상업 수준에는 미치지 못해.』

일도양단.

딱 잘라서, 딱 잘라서 말해버렸다.

아즈기 씨였다면 절대로 하지 않았을 말을.

『그래도 말이지, 네가 잘못한 건 아니야. 중학생이라는 걸 감안하면——, 장래성을 감안하면 지금 시점에서 그만큼 쓰면 충분하다고도 할 수 있어. 잘못한 건 그걸 전혀 수정하지도 않고 내려 한 편집자야. 원석을 있는 그대로 손님 앞에 내놓을 거라면 편집자 같은 게 존재할 이유가 없지. 일단 WEB에서 끄집어 내고, 안 되면 쓰고 버리면 된다고 생각하는 편집자는 업계에도 정말 해만 끼치는 거야. 제안한 작가를 돌봐줄 생각이 없다면 처음부터 제안 같은 걸——.』

이야기는 중간부터 귀에 들어오지 않았다.

딱 잘라 말해준 건 우미카와 선생님의 자상한 마음씨라고 생각하고, 물론 위로도 해주었다. 편집자가 잘못한 거라고 단언해 주었다.

하지만.

어째선지 내 마음에는 담당 편집자에 대한 분노가 솟구치지 않았다.

그저, 그저——, 꼴사납다는 감정만이 마음을 가득 채웠다.

내게는 처음부터 재능 같은 게 없었던 것이다.

WEB 소설 붐에 올라타고 싶었던 편집자가 닥치는 대로 제안했던 결과 중 한 명. '마구 쏴대면 한 명은 맞는다' 전략의 마구 쏴댄 총알 중 하나에 불과했다.

편집부가 원했던 것은 내가 아니라 작품이었고——, 더 정확하게 말하자면 WEB에서 인기가 있는 작품이었던 것이다.

내용 같은 건 아무래도 상관없었고, 'WEB에서 인기가 있다'라는 부가가치만을 원했던 것이다.

내 재능이나 실력 같은 건 요만큼도 흥미가 없었다.

누구에게나 할 만한 칭찬으로 적당히 띄워주기만 하고, 처음부터 별다른 기대도 하지 않았다. 그래서 결과가 안 좋으니 간단히 버렸다.

그런데도 나는——, 상대방이 한 말을 진지하게 받아들이면서 나 자신이 천재라고 착각했다.

그런 자신이 우습디 우스워서 어쩔 줄 몰랐다.

자신의 실력과 재능으로 꿈을 이루었다고 착각했던 자신

이 너무나도 꼴사나워서, 너무나도 비참해서, 치욕스러운 나머지 이 세상에서 사라져버리고 싶다고 생각했다.

투둑.

내 마음 속에서 무언가가 소리를 내며 끊어져 버린 것 같은 느낌이 들었다.

그날부터 나는——, 소설을 쓰는 것을 그만두었다.

열심히 갱신하던 WEB 소설이 갑자기 끊어지자 독자 중에는 걱정해주는 사람도 있었다. 활동 보고 댓글란에는 다양한 목소리가 올라왔다.

건강이나 멘탈을 걱정해주거나——, 그리고 내 작품의 재미에 대해 열변을 토해주거나.

하지만 나는——, 아무것도 믿을 수가 없었다.

칭찬받을 때마다, 위로받을 때마다, 마음이 어두운 색으로 가라앉아갔다.

아무리 따스한 말을 들어도 전화기 너머로 들린 아츠기 씨의 목소리가 머릿속에 떠올라 무엇 하나 믿을 수 없게 되었다.

너무 기뻐서 견딜 수가 없었던 팬들의 목소리를——, 마치 거부반응을 일으킨 것처럼 받아들이지 않게 되었다. 읽기만 해도 구역질이 나올 것 같았다.

내 작품의 재미를 믿을 수 없게 되어서, 재미있다고 말해주는 사람의 목소리조차 믿을 수 없게 되어서——.

내가 뭘 위해 소설을 썼던 건지조차 알 수가 없게 되었다.

●

"그랬구나……."

시라모리 선배는 이야기를 다 듣고 나서 비통한 표정을 짓고 있었다.

나는 접이식 의자에 앉은 채 페트병에 들어 있던 차를 조금 마셨다. 시라모리 선배가 사다 주었다. 데뷔작 표지를 본 순간, 가벼운 호흡곤란에 빠졌지만, 지금은 겨우 진정이 되었다.

"미안해, 나……, 아무것도 모르고 무신경한 말을 해서."

"……아뇨. 전부 자업자득이니까요."

나는 말했다.

나 자신도 놀랄 정도로 메마른 목소리가 나왔다.

"……정말, 자업자득이에요. 재능도 없고 실력도 없는데 멋대로 착각하고. 꿈이 이루어졌다는 생각에 혼자서 들떠서는……."

말을 토해낼 때마다 뱃속 바닥에 묵직하고 까만 무언가가 뭉치는 것 같았다.

그럼에도 불구하고 자학하고 자조하는 말을 멈출 수가 없었다.

"부모님에게도 폐를 많이 끼쳤으니까요……. '데뷔한다' 떠들어 대다가 나중에는 방에 틀어박혀서 학교에 가지도 않고……, 유급하지는 않았지만……, 부모님이 몇 번이나 학교에 불려가고……. 골치만 썩혀서 정말 한심해요……."

자랑하는 건 아니지만──, 머리는 좋은 편이었다.

항상 학년 3등 안에는 들었을 정도다.

원래 제1지망은 현에서 가장 편차치가 높은 진학교였다.

하지만 소설 때문에 이러쿵저러쿵하다 보니 성적이 떨어졌고, 별다른 이유 없이 학교에 가지 않은 기간 때문에 내신도 최악이었다.

그 결과, 지망 학교의 랭크를 낮춰서 이 고등학교에 오게 되었다.

"전부──, 소용없었던 거예요."

과거를 전부 잘라내려는 듯이, 나는 말했다.

"소용없었다고……?"

"낭비한 거죠. 시간 낭비, 인생 낭비. 쓸데없이 꿈 같은 걸 품어서──, 꿈이 이루어졌다고 들떠서, 저는……."

꿈에 빠져서, 꿈에 휘둘려서──, 한없는 치욕을 맛보았다.

꿈 같은 걸 품지 않았다면, 소설 같은 걸 쓰지 않았다면, 그렇게 꼴사나운 상황이 되지는 않았을 것이다.

"소설 같은 걸 쓰지 말걸……, 작가가 된다니, 그런 주제넘는 생각을 하지 말걸 그랬어……. 전부, 전부……, 소용없었던 거야……!"

"──소용없었던 거 아니야."

그렇게.

시라모리 선배는 그렇게 말했다.

신중하게 말을 골라가면서——, 그러면서도 나를 똑바로 보고 딱 잘라 말한 것이다.

"쿠로야 군이 소설을 쓴 건 소용없었던 일이 아니야."

"……그게 무슨, 뜻이죠?"

"음……, 쿠로야 군의 인생에 소용이 없었던 건지 여부는 잘 모르겠어. 나는 쿠로야 군이 아니니까. 하지만——, 내게는 소용이 없지 않았어."

"…………"

"왜냐하면——."

시라모리 선배는 말했다.

입가에 살짝 미소를 머금고, 신비한 표정으로.

"재미있었으니까, 이 소설."

내 책을 들고, 표지를 사랑스럽게 쓰다듬으며 그렇게 말한 것이다.

하지만 그 말은——, 내 역린을 건드렸다.

"필요 없다고요, 그런 빈말은……!"

내 마음은 상대방이 해주는 칭찬을 전혀 받아들일 수 없다.

알러지 물질을 먹은 것처럼 거절 반응이 나와버린다.

"재미있을 리가 없잖아요, 이런 아마추어 같은 창작이……! 인터넷에서 한순간, 어떤 우연 때문에 잠깐 뜨기만 한 망작……. 상업, 프로 수준에 전혀 못 미치는……, 세상에 나온 것 자체가 잘못된, 쓰레기 같은 작품이라고요."

말이 차례차례 넘쳐나기 시작했다.

커뮤니케이션 능력이 부족하고 말재주도 없는 주제에, 자신을 비하하며 자학하는 말이라면 얼마든지 술술 나와버린다.

"담당 편집자는 적당히 칭찬했을 뿐이고……. 알고 지내는 선생님은 '상업 수준이 아니다'라고 딱 잘라 말했어요. 인터넷 평가도 최악이라고요. 문장이 지독하다든가, 이야기가 따분하다든가, 작가의 자위라든가, 엄청 까였고……, 그런 수준 낮은 작품을 간단히 칭찬하지 마시라고요……!"

나도 헛웃음이 나올 정도로 칭찬에 대해 과민반응을 보인다.

발매 이후에 검색을 해보니 당연하게도 엄청나게 까내리는 감상이 많았지만——, 그래도 호의적인 감상이 없는 건 아니었다.

매우 소수지만 칭찬해 주는 사람도 있었다.

투고 사이트에서 예전부터 응원하던 사람들은 나와 작품에는 아까울 정도로 따스한 말을 해주었다.

하지만 내게는 그 모든 것이——, 기피할 대상에 불과했다.

"……칭찬하는 건 참 간단해서 좋겠어요. 그럴싸한 말만 늘어놓으면 되는 거니까. 적당히 비판하면 오히려 반격당하겠지만, 적당히 칭찬하면 아무도 불평하지 않죠."

예를 들어 아츠기 씨의 적당한 칭찬을——, 내가 불평 한마디 없이 받아들여 버린 것처럼.

마음이 점점 어두운 감정에 사로잡혀가는 것을 스스로도 알 수 있었다.

담당 편집자의 얄팍한 칭찬을 진지하게 받아들이고 쓴맛을 본 나는 인터넷에서 본 모든 칭찬을……, 믿을 수 없게 되었다. 아무리 호의적인 감상이라 하더라도 짜증 나고 겁이 날 뿐이었다.

이제 아무것도 믿을 수가 없다.

나를 칭찬하는 녀석은 믿을 수 없고——, 무엇보다 나 자신의 실력을 믿을 수가 없다.

내가 쓴 작품을, 누구보다 나 자신이 믿을 수가 없다.

"저도……, 지금 제가 읽고 객관적으로 판단하면——, 쓰레기처럼 시시한 작품이라 생각해요. 착각해서 자신에게 취한 중학생이 쓴, 아무런 가치도 없는 망작——."

"그만해!"

시라모리 선배가 강한 말투로 말했다.

마치 비명 같은 목소리였다.

그와 동시에 고개를 숙이고 있던 내 볼을 두 손으로 잡고 억지로 고개를 들게 했다.

눈이 마주쳤다.

그녀는 진지한 눈빛으로——, 거센 분노가 깃든 눈빛으로 나를 노려보고 있었다.

"내가 좋아하는 작품을 더 이상 욕하지 마."

"좋아하는, 작품……?"

"응, 좋아해. 아까도 말했지만, 재미있었으니까."

"……그러니까, 빈말은——."

"빈말 아니야. 난 사람에게는 거짓말을 하지만, 책에는 거짓말을 안 하니까."

시라모리 선배는 말했다.

마치 이것만큼은 양보할 수 없다는 듯이, 강한 말투로.

"내게 재미있는 책을 정하는 건——, 나야. 누가 뭐라해도 상관없어. 업계의 프로가 비판하더라도, 인터넷에서 욕을 먹더라도, 아무리——, 작가 본인이 부정하더라도……, 내가 좋아한다고 느낀다면 그게 내가 좋아하는 작품이야."

"…………."

"…………."

그것은 어떤 의미로는 매우 당연한 이야기였다.

읽은 책이 재미있는지 여부를 결정하는 것은——, 자신.

아무리 작가가 '걸작'이라고 생각하더라도 읽은 사람이 재미없다고 판단하면 그 사람에게는 '망작'에 불과하다.

반대로 말하자면.

아무리 작가가 '망작이다', '실패작이다', '흑역사다'라고 하더라도 읽은 사람이 재미있게 느꼈다면 그건 그 사람에게는 '재미있는 작품'이 된다——.

"재미있었어, 쿠로야 군이 쓴 이야기."

시라모리 선배는 말했다.

"빈말 같은 게 아니야. 재미있었고, 기뻐졌어. 내 귀여운 후배가 이렇게 멋진 이야기를 썼다고 생각하니까……, 멋대로 자랑스러운 기분이 들었거든."

그녀는 그렇게 말한 다음, 약간 곤란하다는 듯이 웃었다.

"뭐……, 그렇게 엄청 칭찬만 할 정도는 아니었지만 말이야. '지금까지 읽은 책 중에서 제일 재미있었다!'라는 말은 아무리 그래도 빈말로도 할 수가 없을 것 같아. 미숙하다, 부족하다, 그런 생각이 드는 부분도 꽤 있었으니까……, 부정하는 사람들의 마음도 이해가 안 되는 건 아니야. 솔직히 다른 사람에게는 추천하기 힘든 책이지만──, 그래도 나는 좋아. 개인적으로 좋아. 읽기를 잘했다, 그런 생각이 들었어. 이유가 뭘까, 상성이 좋았던 걸까?"

"상성……?"

"결국은 상성이란 말이지, 독서는. 수백만 부나 팔린 책이 왠지 나와는 잘 맞지 않을 수도 있고, 내가 걸작이라고 생각한 책이……, 전혀 안 팔려서 속권이 안 나오고 끝날 때도 있어. 나는 쿠로야 군하고 상성이 좋았던 것 같아. 그러니까 네──, 작가 쿠로야 소키치의 팬이 되어버렸어."

"……윽."

시라모리 선배가, 날 부끄럽게 할 말을 팍팍 하고 있다.

혹시 그 말도 전부 그냥 신경 써서 해준 말일지도 모른다. 멘탈이 병든, 골치 아픈 후배를 적당히 위로해 준 것뿐일지도 모른다.

하지만.

나는——, 진심이라고 생각했다.

어째선지 진심이라고 생각할 수 있었다.

얼굴을 마주 보고 해준 말에는 따지고 들 수 없는 설득력이 있었다.

담당 편집자와 그런 일이 있었던 이후로 알려지처럼 반발했던, 자신의 작품에 대한 칭찬을 어째선지 지금은 순순히 받아들일 수 있었다.

그녀가 해주는 말 전부가 가슴속 깊은 곳에 스며들기 시작했다.

너무나도 눈부시고 빛나는 것 같은 말.

마음을 가득 채우고 있던 까맣고 묵직한 무언가를 부드럽게 녹여가는 것 같은——.

"나는……, 그냥 독자니까. 혼자서는 아무것도 만들지 못하는 주제에 거만하고 잘난 듯이 감상을 말하기만 하는 일개 독자. 그러니까……, 쿠로야 군이 맛본 절망이나 고뇌를 전부 이해해 줄 수는 없고……, 어떻게 해야 힘이 되어줄 수 있는지는 몰라. 그러니까……, 적어도 독자로서 무책임한 말만 멋대로 할게."

시라모리 선배는 말했다.

내 손을 잡고, 내 눈을 똑바로 보면서.

마치 작가 사인회에 온 팬 같은 모습으로——.

"재미있었어요.

앞으로도 응원할게요.

건강 조심하시고, 힘내세요."

그것은——.

뭐라고 해야 하나, 틀에 박힌 말이었다.

독자가 말하는 전형적인 감상.

투고 사이트의 댓글란이나 SNS 같은 곳에서 작가에게 보내는 이런 칭찬은 얼마든지 볼 수 있을 것이다. 나 자신도 이런 틀에 박힌 문구 같은 메시지는 투고 사이트에서 여러 번 받아본 적이 있다.

어디에나 굴러다닐 것 같은, 흔해 빠진 응원 문구.

담당 편집자와 있던 일 이후로 내가 믿지 못하게 되었던 말.

하지만.

그렇게 흔해 빠진 문구가——, 지금은 가슴이 떨릴 정도로 마음에 스며들었다.

마음을 때리고, 마음을 꿰뚫었다.

정신을 차리고 보니 두 눈에서 눈물이 넘쳐흘러서 멈추지 못하게 되었다.

아——.

그랬구나, 그랬지.

생각났다.

기쁘다.

믿기지 않을 정도로 기뻐진다.

작품을 칭찬받는 건 기쁜 일이었다.

'재미있다'라고 말해 주는 것은──, 응원해 주는 것은 혼이 떨릴 정도로 기쁜 일이었다. 내가 이 세상에 태어난 것을 모두 긍정할 수 있을 정도로 자랑스러운 마음이 드는 일이었다.

빛이.

새하얀 빛이 마음을 비춘다.

멋대로 절망하고, 멋대로 창피하다고 생각하면서, 소용없고 무의미하다고 단정하며 내동댕이치려 한 꿈을 향한 발자취가──, 빛이 바래 새까맣게 되었던 경치가.

희미한 빛을 받고 색채를 되찾아가는 것만 같았다.

●

회상이 끝나고 현재.

시라모리 선배와의 귀가 데이트가 끝나고 집에 온 다음.

가족과 저녁 식사를 마치고 난 다음, 나는 평소처럼 2층 방에 틀어박혀 노트북을 켜고 작업하고 있었다.

그때 전화가 왔다.

스마트폰 화면에 뜬 상대방의 이름을 보고──, 한순간 긴장했다.

한번 심호흡한 다음, 나는 전화를 받았다.

"네, 쿠로야입니다."

Illustrations © Hyuuga Azuri

『아, 쿠로야 군, 안녕.』

전화를 건 사람은──, 우미카와 선생님이었다.

소설뿐만이 아니라 만화 원작이나 게임 등, 다양한 분야의 시나리오를 집필한 실력 좋은 엘리트 베테랑 작가.

내게는 유일하다고 해도 과언이 아닌 작가 지인.

『지금 통화 괜찮아?』

"네, 괜찮아요."

『일단 미안해. 이번에는 대답이 좀 늦어져서. 내가 요즘 게임 시나리오 디렉터 같은 것도 하고 있는데, 그쪽에 문제가 좀 생겨서.』

"아뇨, 신경 쓰지 않으셔도 됩니다. 우미카와 선생님께서 바쁘시다는 건 저도 잘 알고⋯⋯, 그리고 이건 완전히 선생님께서 선의로 해주시는 일이니까요."

『그렇게 말해주니 고맙네. 뭐, 100퍼센트 선의로만 하는 건 아니지만 말이야. 내게도 이익이 있을 것 같으니까 그런 거야.』

"그런데⋯⋯, 어떻던가요?"

『그럼 먼저 결과부터 말해볼까──, 합격이야.』

우미카와 선생님은 뜸을 들이지 않고 바로 말했다.

『보내준 신작의 제1장, 재미었어. 도입부로서는 완벽해.』

꽈악.

스마트폰을 들고 있지 않은 손으로 주먹을 꽉 쥐었다.

손에는 힘이 들어가는 한편, 몸에서는 힘이 빠졌고, 입에서는 안도의 한숨이 새어 나왔다.

"다행이다……."

『하하하. 고생했어. 오래 걸렸지, 여기까지 오는데.』

"……정말 그랬죠."

나도 모르게 불평 같은 말이 나와버렸다.

"원고를 첨삭해 주시는 건 정말 감사하지만……, 설마 제1장만으로 반년이나 걸릴 줄은 몰랐어요."

『요즘 시대는 도입부가 무엇보다 중요하니까. 초반에 손님을 붙잡지 못하는 소설은 그 시점에서 9할은 실패한 거나 마찬가지야.』

우미카와 선생님은 한없이 상업주의 같은 말을 꺼냈다.

반년 전——.

작년 문화제가 끝났을 무렵부터 나는 다시 소설을 쓰기 시작했다.

한 글자도 쓰지 못했던 소설을 어떻게든 다시 쓸 수 있게 되었고, 다시 프로를 목표로 삼자고 생각하기 시작했다.

어설프게 이루어졌던 꿈을 다시 한번 제대로 이루고 싶다고 생각했다.

하지만……, 아무리 그래도 예전 담당자와 의논할 생각은 들지 않았기에 유일하게 기댈 수 있는 사람이었던 우미카와 선생님에게 부탁했다.

완전히 밑져야 본전 같은 생각이었지만, 우미카와 선생

님의 호의로 원고를 봐주게 되었고, 내용을 첨삭해주게 되었다.

하지만——, 그 첨삭은 마치 악귀처럼 엄격했다.

우선 플롯이 전혀 통과되지 않았다. 몇 번이나 퇴짜를 맞고 겨우 GO 사인이 나왔나 싶었는데 이번에는 제1장만 열 번 이상 다시 썼다.

"⋯⋯정말, 힘들었어요."

『미안하네. 대충 봐줘도 도움이 안 될 것 같아서 하고 싶은 말을 전부 했어. 뭐, 약간 지나친 것 같긴 하지만. 어지간한 편집자보다 엄하게 퇴짜를 놓았으니까.』

"괜찮아요. 힘들긴 했지만——, 그래도 즐거웠으니까요."

즐거웠다. 정말로 즐거웠다.

원고에 대해 토론을 하고, 재미없는 건 사정없이 퇴짜를 맞고, 뭐야 젠장, 그렇게 발끈해서 예전보다 더 멋진 이야기를 필사적으로 자아냈다.

두 사람이 의견이 맞부딪히는 결투 같은 회의 끝에 이야기가 더욱 높은 영역으로 승화되어 간다.

그것은——, 내가 계속 꿈꾸던 상업 작가의 세계 그 자체였다.

『⋯⋯흥. 끝났다는 느낌을 드러내면 곤란하지, 쿠로야군. 이제 제1장에 합격점을 받은 것뿐이니까. 갈 길은 아직 멀어.』

비꼬는 듯이, 일부러 그러는 듯이, 우미카와 선생님이 말했다.

『처음에 약속했던 대로 내가 납득할 수 있는 퀼리티로 원고를 내주지 못하면 내 소개를 통해 편집부로 가져갈 순 없을 거야. 친절한 마음으로 소개해 줬다가 내 이름에 흠집이 갈 만한 짓은 절대로 하지 않을 거고──, 반대로 소개해서 내 평가가 올라갈 만한 작품이라면 기꺼이 너를 소개할 거야.』

"네, 저도 알아요. 잘 부탁드립니다."

상대방이 보이지 않는다는 걸 알면서도 나도 모르게 고개를 숙였다.

정말, 우미카와 선생님에게는 신세만 지는 것 같다.

『소개할 편집부는……, 뭐, 괜찮은 곳을 찾아줄게. 아무리 그래도 아츠기 씨가 있는 편집부는 껄끄러울 테니까 다른 레이블로.』

"네……, 저기, 그런데 제가 다른 곳에서 써도 괜찮은 건가요? 데뷔한 지 3년 이내에 다른 레이블에서 쓰면 안 된다는 3년 고정 규칙이 있지 않나…….."

『3년 고정 규칙은 어디까지나 신인상 수상자에 대한 암묵적인 양해 같은 거야. WEB에서 넘어온 사람에게는 적용되지 않아. 그리고 지금은 WEB 출신인 사람이 늘어나서 그 규칙도 단숨에 흐지부지된 느낌도 있고.』

"그런가요? 그럼 다행이네요."

『애초에 3년 고정이라는 건 출판 업계가 잘나갔던 시대라서 성립했던 규칙이야. '3년 동안은 다른 곳에서 쓰지 마라', 반대로 말하자면 '3년 동안은 반드시 우리 출판사에서 책을 쓰게 해주겠다'라는 뜻이니까. 수상자를 3년 동안 돌봐줄 각오와 체력이 있는 레이블만이 이 규칙을 신인에게 강요할 권리가 있지. 기회를 주면서 키울 생각도 없는데 흐지부지된 규칙만을 신인에게 강요하는 편집부가 있다면 그런 곳은 망해──, 어이쿠. 미안, 미안, 상관도 없는 이야기에 정신이 팔려 버렸네.』

"……아뇨."

으음~, 여전히 출판사나 편집부에 대한 불평이 나오면 흥분하는 사람이네. 오랫동안 작가를 하다 보면 역시 그런 불평불만도 쌓이는 건가?

『뭐, 아무튼 이야기는 원고를 완성한 다음에 하자고. 제1장의 열량을 유지하면서 끝까지 써봤으면 해. 아니면 따로 제1장의 퀄리티를 지금 이상으로 올려도 되고. 창작에 완성 같은 건 없고, 작가에게 결승점 같은 건 없으니까.』

"……네!"

나는 그 말을 곱씹는 듯이 힘차게 고개를 끄덕였다.

통화를 마친 다음──, 켜두었던 PC 화면을 바라보았다. 거기에는 텍스트 편집 소프트가 여전히 떠 있었고, 쓰던 도중인 원고가 있었다.

우미카와 선생님에게 오케이를 받기 전부터 제2장을 쓰기 시작하고 있었다.

퇴짜를 맞으면 다시 써야 한다는 건 알고 있었지만, 그래도 멈출 수가 없었다.

"……푸핫."

나도 모르게 웃음을 터뜨리듯이 웃어버렸다.

자조하는 웃음이었다.

정말이지, 얼마나 기합이 들어가 있던 거람.

불과 반년 전까지는 편집 소프트를 켜기만 하더라도 호흡곤란에 걸릴 정도로 트라우마가 되었는데……, 지금은 우스울 정도로 의욕이 넘쳐난다.

"그 사람들 덕분……이겠지."

나는 정말 주위 사람들 복이 많다.

치명적일 정도로 아싸에 커뮤니케이션 능력 부족이고, 알고 지내는 사람은 손꼽을 수 있을 정도밖에 없지만——, 그래도 소수정예인 지인들은 다들 좋은 녀석들뿐이다.

부모님과 누나, 우미카와 선생님과 토키야, 그리고——.

"……어서 완성해야지."

화면을 앞두고 결의를 새롭게 다졌다.

빨리, 하루라도 빨리, 이 원고를 완성하고 싶다.

프로 작가라고 가슴을 펴고 말하고 싶다.

그러면 이런 나라도 지금보다는 조금 더 자신을 가질 수 있을 것이다.

무엇보다——, 이 원고를 그녀에게 보여주고 싶다.

내 팬이라고 말해준 그녀에게, '앞으로도 응원할게요'라고 말해 준 그녀에게 신작을 가져다주고 싶다.

그런 타이밍이라면 말할 수도 있을지 모르겠다.

이런 나라도, 계속 감춰왔던 이 마음을 털어놓을 수 있을지도 모르겠다.

좋아합니다, 사귀어 주세요, 라고——.

"…………아니, 그럴 예정이었단 말이지, 원래는."

숨을 크게 내쉬었다.

정말 어쩌다 이렇게 되어버린 거지?

트라우마를 극복하고 슬럼프에서 탈출한 내가, 고난을 뛰어넘어 신작을 완성시키고, '당신을 위해 쓴 이야기입니다'라는 식으로 멋진 말을 하며 고백할 예정이었는데……. 아니, 뭐, 그렇게 확실하게 결심한 건 아니고 만에 하나 고백한다면 그런 형태라는 느낌으로 어렴풋하게 망상한 것뿐이지만.

어찌 됐든, 모든 것이 뜻밖이다.

내가 고백도 하지 않고, 시험 삼아라고는 해도 커플이 되어버리다니.

"정말, 무슨 일이 일어날지 모르는구나. 인생이란 건."

꿈이 갑자기 이루어지는 경우도 있고, 꿈에게 배신당하는 경우도 있다.

동경하던 선배와 왠지 모르겠지만 갑자기 사귀는 경우도 있다.

현실은 소설보다 기이하다, 정말 그럴싸한 말 같다.

"……해볼까."

자신의 인생에 복잡한 심정을 느끼며, 나는 원고를 계속 쓰기 시작했다.

제 6 장   청 춘 크 리 티 컬

"……저질러 버렸네."

밤. 내 방에서 나는 완전히 후회하고 있었다.

"으아……, 저질렀어. 진짜로 저질러 버렸다고. 뭐야, 왜 이렇게 되는 건데……? 내가 뭘 했나?"

방 안을 빙글빙글 돌아다니며 내 어리석음을 부끄러워 했다.

스마트폰을 몇 번이고 확인하고, 바깥에 나가거나 집의 Wi-Fi를 껐다 켜보기도 했지만──, 상대방의 연락은 전혀 없었다.

"이거……, 시라모리 선배가 완전히 화난 건가?"

화가 났다. 열 받았다. 기분이 상했다. 그런 게 분명하다.

아, 젠장. 저질러 버렸다.

어째서 이렇게 된 건데. 어쩌다 이렇게 된 거지……?

나는 아무것도 잘못한 게 없는 것 같은데……, 어째서 화를 내는 거지?

아니.

아마 내가 잘못했을 것이다.

뭘 잘못한 건지는 모르겠지만, 아마 내가 잘못했을 것 같다.

무의식적으로 어느 정도 안심했던 모양이다. 마음에 두고 있던 상대와 사귀게 되어서 나는 만족스러운 기분이었다.

그 안심감이 방심을 불렀고, 뭔가 배려가 부족했던 것 같다.

내 어설픈 구석이 시라모리 선배를 화나게 만들었다. 그런 게 분명하다. 아, 한심하다. 연애는 사귀기 시작했을 때가 제일 중요한데. 우리는 그냥 시험 삼아 사귀는 커플이니까 상대방과 마음을 통하게 하려는 노력을 게을리해서는 안 되는데.

"……사과하자."

라인 화면에 사과문을 입력하기 시작했다.

뭘 잘못했는지 모르면서도 일단 사과한다는 행동이 상대방의 역린을 건드릴지도 모르겠지만──, 그래도 지금 상황을 견딜 수가 없다. 시라모리 선배와 연락이 끊긴 상황이 너무 괴로워서 버틸 수가 없다.

기나긴 사과문을 입력하고 교열 담당자처럼 오탈자를 확실하게 체크한 다음, 마음을 굳게 먹고 송신 버튼을 터치했다.

그러자 곧바로 읽음 표시가 떴고──, 그리고 놀랍게도 선배에게 전화가 왔다.

깜짝 놀라면서도 통화 버튼을 눌렀다.

"……여, 여보세요."

『여보세요?! 무, 무슨 일이야, 쿠로야 군……?』

들린 것은 화가 난 목소리가 아니라 당황한 목소리였다.

『뭔가 엄청 긴 사과문이 왔는데……? 어? 뭐야? 어째서? 뭔가 잘못한 거 있어?』

"……아니, 저기, 그게……, 부, 부끄럽게도 뭘 잘못한 건지 전혀 모르겠지만, 아마 선배를 화나게 한 것 같아서 사과한 건데요……."

『어? 어? 화났다고? 내가?』

"……어라? 선배, 화난 거 아니었나요."

『화 안 났는데.』

시라모리 선배가 말했다.

정말로 의아하다는 목소리로.

『전혀, 요만큼도, 화난 게 아무것도 없어. 어? 나 오늘 그런 모습을 보였나? 부실에서도 그냥 사이좋게 이야기했었잖아.』

그렇다.

오늘 방과 후에도 부실에서 사이좋게……, 아니, 평소처럼 내가 계속 놀림당한 느낌이었지만, 아무튼 그냥 평소대로였다.

『쿠로야 군, 왜 내가 화났다고 생각한 거야?』

"아, 아니——, 선배……, 오늘 라인 안 해줬잖아요!"

나는 말했다.

상대방은……, 한동안 침묵했다.

사귀기 시작한 이후로——, 시라모리 선배는 날마다 연락해 주었다.

놀리는 듯한 메시지를 매일 매일 보내 주었다.

하지만 오늘——, 밤 9시가 되었는데도 선배에게서 연락이 오지 않았다.

　이건 분명히 화가 난 거다. 내가 화나게 만든 게 틀림없어. 그렇게 생각하고 성심성의껏 사과문을 보낸 건데──.

『……저기.』

　잠시 후 매우 곤란해하는 듯한 목소리가 들렸다.

『쿠로야 군이 뭔가 메시지를 보낸 건 아니지? 나는 읽씹을 한 적이 없는 것 같은데.』

　"안 보냈어요."

『그럼 쿠로야 군은 내가 연락을 하지 않은 것만으로도 내가 화났다고 착각해서 불안해졌다는 거야?』

　"그렇게……, 되겠……, 네요……."

　응? 어라?

　이거 혹시……, 내가 또 저질렀다는 느낌인가?!

『……품. 아하하하!』

　내가 창피함을 자각한 것과 거의 동시에 웃음을 터뜨린 듯한 목소리가 들렸다.

『후후후. 쿠로야 군도 참, 잠깐 연락을 안 한 것 정도로 너무 불안해하네. 읽씹당한 거라면 모를까……, 불과 몇 시간 동안 내가 연락을 하지 않았다는 것만으로도 이렇게……, 후후.』

　"~~윽."

『흐음~, 그렇구나, 그렇구나. 그렇게 애타게 나를 생각했구나.』

"……따, 딱히 애타게 생각한 건 아니에요. 날마다 오던 게 안 오니까 약간 불안해졌을 뿐이죠."

『음~, 뭐, 사실 그건──, 좀 노린 거지만 말이야.』

"네?"

노렸다고?

『오늘은 말이지, 일부러 연락을 안 했어.』

"……어, 어째서 그런 짓을?"

『아니, 항상 내가 먼저 연락하잖아.』

약간 삐진 듯한 목소리로 말하는 시라모리 선배.

『쿠로야 군은 전혀 메시지를 안 보내니까.』

"그건……, 꺼, 껄끄럽거든요. 먼저 메시지를 보내는 거."

메일이든 라인이든, 먼저 보내는 건 껄끄럽다. '상대방에게 폐가 되면 어떻게 하지?'라는 생각이 들어 버린다.

뭐, 결국 이런 건 상대방을 생각하는 것 같으면서도 실제로는 자기가 미움받을 것을 겁내는 자기중심적인 사고방식이라는 건 자각하고 있지만……, 그래도 껄끄러운 건 껄끄러운 거다.

『가끔은 그쪽에서 먼저 연락해 줬으면 하니까, 오늘은 일부러 연락을 안 해본 거야. 그러면 쿠로야 군이 연락해 줄까 싶어서. 그런데……, 후후. 설마 내가 화났다고 착각해서 사과문을 보낼 줄은 몰랐네.』

"……윽."

젠장. 또 당했다. 아니……, 그게 아닌가? 이번에도 마찬가지로 완전히 내 자폭이다. 항상 자폭만 하지만, 이번에는 특히 심하다.

내가 대체 뭐하는 거지……?

『갑자기 그런 메시지가 오길래 뭔가 싶어서 급하게 전화했는데……, 이럴 줄 알았다면 무리하게 전화하지 말 걸 그랬네.』

"무리하게……?"

『아~, 응. 그게……, 이러면, 알겠어?』

선배가 잠시 망설이는 듯이 뜸을 들인 다음──, 참방 참방.

전화기 너머로 수면을 손으로 때리는 듯한 소리가 들렸다.

"서, 설마……."

『응. 지금──, 목욕하려던 참이었어.』

심장이 단숨에 마구 뛰어댔다.

『나, 목욕할 때는 느긋하게 책을 읽으면서 하는 타입이거든. 전자책은 이럴 때 편리하단 말이지. 종이책은 목욕탕에 가져오고 싶지 않으니까.』

말은 거의 귀에 들어오지 않았다.

목욕? 시라모리 선배가 목욕하고 있다고?

그러니까, 지금은──.

『후후. 왠지 이상한 느낌이네. 알몸으로 쿠로야 군하고 이야기를 하고 있다니.』

"──윽."

『저기, 깜짝 놀랐어?』

목욕탕에서 울린 요염한 목소리가 귓가를 간질였다.

심장은 터져버릴 것 같을 정도로 크게 뛰고 있지만.

"……아뇨, 딱히."

그렇게 필사적으로 쿨한 목소리를 지어냈다.

"전화는 상대방의 모습 같은 건 상관없으니까요. 선배가 어떤 모습이든 어차피 안 보이니까."

거짓말이지만.

머릿속으로 마구 망상해서 코피가 날 정도로 흥분했지만.

『음……. 그렇구나, 그렇겠지, 전화로는 부족한가…….』

흥분하고 동요한 마음을 겨우 숨긴 덕분인지 시라모리 선배는 약간 시시해하는 목소리를 냈다. 좋아. 쿨하게 행동했다, 그렇게 생각하며 마음속으로 승리 포즈를 취했지만──.

내 그런 허세는 더 강한 공격을 부르는 원인이 되었다.

『……쿠로야 군, 잠깐 화면 좀 봐.』

"화면? 그건 왜──, 윽?!"

그녀가 한 말대로 화면을 보고 깜짝 놀랐다.

눈에 들어온 영상이 너무 충격적이라 졸도하는 줄 알았다.

통화 어플 화면에는 어느새 영상 통화가 켜져 있었다.

그러니까──, 상대방의 모습이 내게 다 보이고 있다.

『야호~. 보여~?』

방긋방긋 웃고 있는 화면 속의 시라모리 선배.

목욕 중이었다는 말은 사실이었는지 머리에는 머리카락

을 묶어 올린 헤어 밴드가 있었고, 얼굴에는 땀이 맺혀 있었다.

"……잠깐, 무, 무슨 짓을 하는 거예요? 선배?!"

『어~? 아니, 쿠로야 군이 그냥 전화로는 부족하다고 하니까.』

"안 했거든요, 그런 말……. 어, 얼른 끊으세요……."

반사적으로 고개를 돌리고는 스마트폰을 들고 있지 않은 쪽 손으로 눈을 가렸다.

하지만──, 유혹에 져서 손가락 틈새로 봐버렸다. 당연하다. 사춘기 남자라면 당연한 행동이다.

직사각형 화면 잔뜩 펼쳐진 얼굴에는 으스대는 듯한 미소. 땀이 맺힌 볼과 이마는 살짝 붉게 물들어서 묘하게 선정적이었다. 당연하게도 목 아래부터는 보이지 않았지만, 살짝살짝 보이는 쇄골이 매우 요염해서 이상할 정도로 가슴이 크게 뛰──.

『후후. 얼굴이 새빨갛네, 쿠로야 군.』

"~~윽."

『어차피 볼 거면 눈 돌리는 시늉 같은 거 하지 말고 제대로 봐줘도 되는데.』

"무슨, 네……?! 어, 어느새 내 쪽 영상도 켜진 거지──."

급하게 확인했지만, 이쪽 영상은 여전히 꺼진 상태였다.

"어라……?"

『흐음. 역시 몰래 보고 있었구나.』

"……윽."

『안 보는 척하면서 보다니……, 쿠로야 군도 은근히 밝힌다니까.』

화면 속에서 매우 신나게 웃는 시라모리 선배.

젠장. 당했다. 떠보기에 제대로 걸렸다. 아, 정말. 대체 뭐야? 이 선배. 그쪽에서는 내가 전혀 안 보일 텐데, 어째서 행동을 전부 들킨 거지? 진짜로 초능력자인가?

아니면 내가……, 엄청 알기 쉬운 녀석인가?

『후후. 정말 귀엽구나, 쿠로야 군은.』

"……이제 좀 봐주세요. 너무 그렇게 장난치다가……, 스마트폰 떨어뜨릴 걸요?"

『아~, 그렇지. 떨어뜨리면 큰일이지. 지금 떨어뜨리면 나도 모르게 대 서비스를 해버릴지도 몰라.』

"그런 건 됐으니까, 얼른——."

『——있지, 쿠로야 군.』

목소리의 톤이 약간 바뀌었다.

『……보고 싶어?』

"네?"

『내 알몸……, 보고 싶어?』

"무, 무슨 소릴 하시는 거예요……?"

『대답해 줘. 솔직하게 대답해 주면……, 말이지. 이대로 손을 뻗어서 스마트폰을 멀리 보낼 수도 있는데.』

시라모리 선배는 그렇게 말하며 정말로 스마트폰을 살짝

밀었다.

　얼굴이 약간 작아지고──, 보이는 상반신의 면적이 늘어났다. 쇄골보다 약간 아래쪽까지. 늘어난 살색에 반비례해서 내 이성이 깎여나가는 것 같았다.

　"……장난치지 마세요. 당연히 안 되죠, 그런 건."

　『어째서?』

　번뇌를 필사적으로 떨쳐내며 대답한 내게 고혹적인 질문이 날아들었다.

　『나는 지금, 쿠로야 군의 여자친구인데?』

　"……윽."

　『남자친구가 부탁한다면……, 그 정도는 해버려도 될 것 같은데.』

　말문이 막힌 내게 시라모리 선배가 재촉하듯이 말했다.

　『저기, 쿠로야 군……, 보고 싶어?』

　나는──, 아무런 말도 하지 못했다.

　심장이 입 밖으로 튀어나올 것만 같이 크게 뛰었다. 이게 뭐지? 무슨 상황이지? 보고 싶다, 보고 싶지 않다. 어떤 선택지가 정답인 거지?

　진심을 말하자면──, 당연히 보고 싶다. 하지만 지금 솔직하게 말해 버리면 완전히 지는 것 같고, 전부 시라모리 선배의 장난일 가능성도……, 아니, 그래도 기적을 기대하면서 솔직하게 대답하는 게 남자다운 것 같기도 하고──.

　나는 그런 식으로 한순간 마구 생각했지만.

『……자, 자! 시간 다 됐어!』

불과 몇 초 뒤에 시라모리 선배는 왠지 당황한 듯한 목소리로 그렇게 외치며 영상 통화를 껐다. 스마트폰 화면은 원래대로 통화 화면으로 돌아갔다.

"어, 저기……."

『……후, 후후후. 아, 아~, 아쉽네. 쿠로야 군. 안타깝게도 시간이 다 되었습니다.』

"이, 이럴 수가……, 너무 빠르지 않나요?"

『빠르지 않아요. 우유부단한 아이에게는 제 누드를 보여주지 않을 겁니다. 아~, 아깝겠네~. 보고 싶다고 바로 말했다면 바로 보여줬을 텐데~.』

"……."

『아하하. 그, 그럼 나는 슬슬 열이 오르는 것 같으니까 들어갈게. 내일 봐.』

시라모리 선배는 빠르게 일방적으로 떠들어 댄 다음 전화를 끊었다.

나는 통화가 끝난 화면을 한동안 바라본 다음.

"……대체 뭐냐고, 진짜~~."

책상에 엎드려서 그렇게 외쳤다.

에휴.

정말……, 여전히 망겜이구나, 연애 게임.

차례차례 어렵기 짝이 없는 선택지를 들이대는 주제에……, 전부 시간 제한이 있다니, 대체 어떻게 된 거야?

Illustrations © Hyuuga Azuri

　　　　　　　●

　다음 날 아침.

　항상 일어나던 시간에 일어나 평소처럼 아침 식사를 하고, 평소처럼 자전거를 타고 등교한다. 우리 집은 학교에서 꽤 가까워서 걸어가지 못할 거리는 아니었지만……, 왠지 모르게 자전거를 타고 다닌다.

　항상 지나가는 통학로가 끝나갈 때쯤——, 평소와는 다른 이벤트와 마주쳤다.

　"야호~."

　좁은 길에서 큰길로 나가기 직전에 있는 모퉁이에 시라모리 선배가 서 있었다.

　브레이크를 걸고 자전거에서 내렸다.

　"좋은 아침이야, 쿠로야 군."

　"좋은 아침이네요……. 그런데 무슨 일이에요? 갑자기 이런 곳에서."

　"쿠로야 군을 기다리고 있었어."

　"저를요……? 무, 무슨 꿍꿍이인데요?"

　"아니, 꿍꿍이 같은 건 없어. 정말이지……, 나를 뭘로 보는 거야?"

　시라모리 선배는 실망한 것 같았다.

　아니, 그래도. 사귀기 시작한 이후로 놀리는 수준과 빈도가 점점 올라가는 것 같아서…….

싫은 건 아니지만……, 솔직히 심장이 못 버틸 것 같다.

"……같이 학교에 가자는 건가요? 아무리 그래도 같이 학교에 가면 너무 눈에 띌 것 같은데요."

같이 집에 가는 건 사이좋게 지내는 친구들이라면 괜찮겠지만, 같이 학교에 가는 건 너무 수상해 보일 것이다.

"땡~. 틀렸어. 아니, 같이 학교에 가는 건 안 되겠지. 대대적으로 '우리 커플이에요'라고 선전하는 것 같으니까."

"……그럼 뭔데요?"

"응."

그녀는 그렇게 말하며 내게 손을 내밀었다.

"어? 뭐, 뭐죠? 돈요?"

"아니, 돈을 달라고 할 리가 없잖아. 무슨 돈을 달라고 하는데?"

"오늘까지 사귀어 준 요금……, 그러니까, 교제비를 청구하나 싶어서……."

"교제비는 그런 뜻이 아니야."

딱히 재미도 없는 내 농담에 냉정하게 태클을 건 다음.

"책 말이야, 책."

시라모리 선배는 그렇게 말했다.

"저번에 약속했잖아? 극장판 애니메이션 원작인 책을 빌려주겠다고."

"……아앗."

서점에 갔을 때 이야기했던 거구나.

그때 '내일 가지고 올게요'라고 했던가? 이런. 약속한 이후로 이런저런 일이 있어서 깜빡하고 있었다.

"가져왔어?"

"……죄송해요. 완전히 잊고 있었네요."

"그렇구나……. 뭐, 어쩔 수 없지. 솔직히 나도 오늘 아침까지 깜빡하고 있었으니까."

"내일은 확실하게 가져올게요."

"음~, 그래도 말이지, 나는 오늘 읽고 싶은 기분이란 말이지."

"……그럼 어떻게 해야 할까요."

지각을 각오하고 지금 가지러 다녀올까? 개근상이 사라지긴 하겠지만, 시라모리 선배가 읽고 싶은 책을 읽게 해주기 위해서라면 개근상 같은 건 상관없다. 좋아, 돌아가자.

결심하고 자전거에 올라타려던 참에——.

"저기, 쿠로야 군. 오늘은 학교가 조금 일찍 끝나지?"

시라모리 선배가 그렇게 말했다.

"어……, 아, 네. 무슨 선생님들 회의가 있다고."

"그럼 말이야——, 쿠로야 군네 집에 가도 돼?"

갑작스러운 제안에 나는 깜짝 놀라버렸다.

"저, 저희 집, 말이에요?"

"응, 안 돼? 그 책, 오늘 꼭 읽고 싶으니까."

"……딱히 상관없긴 한데요."

"정말? 앗싸! 그럼 오늘은 동호회 활동 안 할 거야! 방과 후에 자전거 보관소에서 만나자!"

선배는 기쁜 듯이 그렇게 선언한 다음, 혼자서 달려갔다.

나는 멍하게 서 있었다.

선배가? 우리 집에 온다고?

이 급전개는 뭐지. 어? 어라? 여자친구가 남자친구 집에 오는 건 꽤 중요한 이벤트 아니야? 이렇게 쉽사리 정해져도 되는 거야?

"······아니, 진정하자."

집에 온다고 해도 가족과 함께 사는 집이다. 혼자 사는 게 아니다. 오늘은 아마 집에 어머니가 계실 테니······, 저기, 뭐라고 해야 하나, 별다른 일은 없을 거다. 애초에 목적이 책이니까 집 안으로 들어올지 어떨지도 모르고.

그런데.

선배도······, 덤벙대네.

오늘 아침에 책 생각이 났다면 기다리지 말고 연락해 주지.

아, 아니, 학교에 도착하기 직전에 생각난 건가?

시간이 지나 방과 후——.

"후후. 오랜만이네, 쿠로야 군네 집에 가는 거."

자전거 보관소로 온 시라모리 선배는 들뜬 목소리로 그렇게 말했다.

그녀가 우리 집에 온 건 사실 처음이 아니다.

작년 문화제 때 출품할 것을 준비하기 위해 우리 집에서 같이 작업한 적이 있었다. 뭐, 출품한다고 해도 둘밖에 없는 동호회니까. 대단한 걸 하진 않았다. 부지라는 이름의 리뷰 책자──, 우리 두 사람이 좋아하는 책을 마음대로 소개하는 책을 만들었을 뿐이다.

"딱히 대단한 건 없는데요. 지극히 평범한 단독주택이고."

"괜찮잖아, 나는 좋던데, 쿠로야 군네 집. 어머님도 엄청 좋은 분이셨고."

"잔소리가 많은 것뿐인데요."

"……부럽다, 그렇게 자상하고 밝은 어머니."

문득 표정에 그림자를 드리우고 우울한 느낌이 드는 미소를 지으며 시라모리 선배는 혼잣말처럼 그렇게 중얼거렸다. 나는 아무런 말도 할 수 없게 되었다.

예전에 잠깐 이야기를 들었던 선배의 과거와 선배의 가족──, 그게 머릿속을 스쳐가자 가슴이 아파졌다.

"……아, 미안, 미안. 분위기가 이상해졌네."

살짝 손을 흔든 다음.

"좋아, 그럼 가볼까?"

평소 같은 미소로 돌아온 다음, 선배는 분위기를 바꾸려는 듯이 그렇게 말했다. 나는 '네' 하고 대답하며 고개를 끄덕이고는 둘이 함께 교문을 나섰다.

저번 방과 후 데이트와 마찬가지로 선배는 그냥 걸어가고, 나는 자전거를 끌고 간다.

"있지, 쿠로야 군…… 오늘은 드디어 그걸 해버릴까?"

몇 분 정도 걸어서 사람이 별로 없는 길까지 오자 시라모리 선배는 약간 거리를 좁히며 그렇게 말했다.

"그게 뭔데요?"

"청춘 이벤트의 대명사, 자전거 둘이서 타기."

"……도로교통법 위반이에요. 요즘 그거 엄격하거든요."

"어~? 딱히 상관없잖아. 여긴 사람도 없고, 사람들이 많이 다니는 길에 도착해서 내리면 되잖아? 응? 잠깐만."

"……네에."

그렇게까지 말하는데 끝까지 거절할 정도로 나는 법을 잘 지키면서 살지 않았다.

내가 멈춰서 자전거에 올라타자 선배도 뒤따라 짐받이에 앉았다.

자전거가 평소보다 약간 깊게 내려앉았다.

"위험하니까 꽉 잡으세요. 저는 자전거를 둘이서 타본 적이 없어서."

"어~? 꽉 잡아버려도 되는 거야?"

"……적절한 힘으로 어깨 근처를 잡아주세요."

"후후. 네~."

그녀는 밝게 대답한 다음, 내 양쪽 어깨를 잡았다. 겨우 그 정도 접촉만으로 내 심장을 시끄럽게 뛰기 시작했고, 여자 내성이 없는 나 자신이 정말 싫어졌다.

다리에 힘을 주고 페달을 밟았다.

처음부터 휘청거리면 분위기가 단숨에 차가워질 것 같아

서 꽤 기합을 넣고 밟았다. 그 덕분인지 자전거는 생각보다 쉽사리 나아갔다.

"와, 대단해, 대단해, 잘 나아가네."

"그야 그렇겠죠."

"괜찮아? 나, 무겁지 않아?"

"괜찮아요. 생각했던 정도네요."

"……보통 이럴 때는 '생각했던 것보다 가벼워요'라고 하지 않나?"

"아니, 저기."

그래도 진짜로 '생각했던 정도'였으니까. 가볍기는 하지만 깜짝 놀랄 정도로 가벼운 건 아니다. 예상했던 부담 그 자체라고 해야 하나.

시라모리 선배는 몸매가 좋지만 깡마른 건 아니다. 허리는 날씬하지만 나올 곳은 확실하게 나왔다고 해야 하나……, 응.

"아~, 쿠로야 군은 섬세하지 못하네. 요즘 몸무게가 약간 늘어난 걸 신경 쓰고 있었는데."

"……선배는 신경 쓸 필요 없잖아요. 충분히 날씬하니까."

"전혀 아냐. 유미나 리노하고 비교하면 많이 뚱뚱하지."

유미. 리노.

미소녀 사천왕, 나머지 두 사람의 이름이다.

'정통파 검은 생머리'——, 카미시로 유미.

'트윈테일 로리'——, 사콘 리노.

……'유부녀'도 그렇고 '흑갸루'도 그렇고, 여자의 존엄을 무시하는 지독한 네이밍 센스다. 엄청 업이 많이 쌓인 아싸가 지은 이름이겠지.

아무튼, '검은 생머리'와 '로리' 두 사람은 양쪽 다 많이 말랐다. 그 두 사람과 비교하면 시라모리 선배는 통통한 편일 것이다.

"그리고."

그녀는 한숨을 쉬며 계속 말했다.

"쿠로야 군도 꽤 말랐으니까. 같이 다니면 내가 뚱뚱해 보일 것 같아."

그렇게 대답하기 곤란한 말을 해봤자…….

"……죄송하네요, 깡말라서."

"그런 말을 한 게 아니잖아. 뭐……, 밥은 제대로 먹는 건지 걱정되긴 하지만."

걱정시키고 있었나? 그건 그것대로 왠지 바보 취급당하는 것보다 복잡한데.

이래 봬도 일단은 작년부터 조금씩 몸을 단련하기 시작했는데.

"그래도 말이지……."

뒤에서 들리던 목소리가 약간의 요염함을 품은 직후──.

꼬옥.

어깨에 올려놓고 있던 손이 몸통으로 파고들었다.

그와 동시에 상대방의 상반신이 내 등에 밀착했다.

꽤 힘껏, 찰싹──.

"잠깐, 무슨……."

"쿠로야 군은 깡마른 것 같은데 의외로 등은 넓네."

"서, 선배……."

"확실하게 남자애 등이야."

그녀가 끌어안아서 목소리가 많이 가까워졌다. 귓가에 속삭이는 말이나 등에 느껴지는 감촉이 표현할 수 없는 흥분을 가져다주었다.

우리 둘 다 블레이저를 입고 있으니 감촉은 거의 없지만, 그래도 거의 없다는 건 조금은 있다는 뜻이고, 적어도 봉긋한 부분이 두 개 있다는 것 정도는 등의 감촉을 통해 알 수 있었고──.

"……위험하니까 떨어지세요."

나는 필사적으로 마음을 가라앉힌 다음에 말했다. 위험하다는 건 거짓말이 아니다. 균형을 잡는 건 문제가 없지만……, 이대로 가다간 내가 언제 제정신을 잃어 버릴지 모른다.

"어~? 어째서? 기쁘지 않아?"

"……딱히."

"후후. 솔직하지 못하네."

우월감이 느껴지는 목소리로 말하며 시라모리 선배는 천천히 몸을 떼어냈다.

"쿠로야 군은 말이지, 그거야. 츤데레 같아."

"으윽……. 제, 제가 어딜 봐서 츤데레라는 거예요?"

"어~? 아니, 완전 츤데레잖아. 기뻐도 기쁘다는 말을 안 하고, 전혀 솔직해지지 않으니까."

구, 굴욕이다…….

다른 사람에게 츤데레라는 말을 듣는 건……, 뭔가 엄청난 굴욕이다.

은근히 충격을 받은 나를 무시하고 시라모리 선배가 계속 말했다.

"쿠로야 군이 츤데레라면 나는 뭘까. 내가 이런 말을 하는 건 좀 그렇지만, 츤데레 같은 느낌은 아닌 것 같거든."

"……시라모리 선배는——."

나는 문득 생각난 말을 했다.

아마 자전거를 같이 타고 있어서 상대방의 얼굴이 보이지 않은 덕분일 것이다.

얼굴을 마주 보는 상태였다면 이런 말은 절대로 하지 못했을 것이다.

"——간데레, 아닌가요?"

"간데레……? 그게 뭔데?"

"……간단히 애정 표현을 하니까 간데레죠."

시라모리 선배는 불만스러운 목소리로 말했다.

자전거를 둘이서 타는 시간은 사람이 없는 길을 지나갈 때만——, 5분 정도로 끝났다.

185

겨우 5분이었지만 농밀한 시간이었던 것 같다. 뭐라고 해야 하나……, 청춘 농도가 너무 진해서 5분 이상 같이 탔다면 내가 성불했을지도 모르겠다. 응, 딱 좋은 시간이었다.

그런 다음에는 둘이서 나란히 걸어갔고, 잠시 후 우리 집에 도착했다.

주택가에 있는 매우 평범한 2층 단독주택.

"……차라도 마시고 갈래요?"

"그래도 돼? 그럼 얻어먹어 볼까."

이대로 책만 빌려주고 보내기도 좀 그랬기에 가볍게 제안하자 선배는 기쁜 듯이 고개를 끄덕여 주었다.

"……응. 어라?"

문을 열려 했지만, 손잡이가 돌아가지 않았다.

"문, 잠겨있네……."

아무도 없나? 일단 스마트폰을 꺼내 어머니에게 메시지를 보내 보았다. 그러자 금방 '방금 장보러 나온 참이야'라는 답장이 왔다.

"어머니는 외출하신 모양이네요."

"그렇구나. 음……, 그럼, 어떻게 할까?"

"뭐, 열쇠가 있으니까 집에는 들어갈 수 있지만요."

가방에서 열쇠를 꺼내 문을 열었다.

"그럼……, 들어오세요."

"어?"

문을 연 나음 안으로 들어오라고 하자 시라모리 선배는

놀란 표정을 지었다.

눈을 크게 뜨고 얼굴이 약간 붉어진 채 동요하는 표정.

응? 어, 어라?

이거……, 실수한 건가?

차를 마시고 가는 흐름이었는데, 부모님이 안 계시면 이야기가 달라지나?!

그렇구나. 지금 같은 상황은 그야말로――, 남자친구가 부모님이 안 계시는 집에 여자친구를 데려온 것 같은 상황인가?!

"아니, 그, 그게 아니고요……, 아까까지 그런 흐름이었으니까 말해본 것뿐이고……, 저기, 그러니까――, 저, 절대로 이상한 짓은 안 할 테니까요!"

매우 급하게 변명해 보았지만, 이것저것 완전히 실수했다.

지독하다. 역효과도 이런 역효과가 없다. '이상한 짓을 하지 않겠다'라고 큰 목소리로 선언하면 이상한 걸 의식하고 있다는 걸 다 들키잖아.

러브호텔 앞에서 다투는 남자처럼 되어버렸잖아……!

쉬고 가기만 할 거니까! 이런 식으로.

"……풉. 아하하."

매우 당황한 내가 재미있게 보였는지, 선배는 맥이 빠진 듯이 웃었다.

그리고.

"후후. 그래, 절대로 이상한 짓을 하지 않는다면, 들어가

볼까?"

그렇게 평소처럼 여유를 되찾고는 즐거운 듯이 말했다.

2층 내 방으로 선배를 안내한 다음, 나는 1층에서 마실 것을 준비했다.

돌체구스토에 캡슐을 넣고 카페오레(디카페인)를 두 잔 끓였다. 선배는 '뭐든 상관없어'라고 말해줬지만, 블랙 커피를 못 마신다는 건 함께 지내면서 알게 되었다. 그렇다면, 우리 집에 있는 캡슐 중에서는 분명히 이게 정답일 것이다.

방으로 돌아와 침대 앞에 앉아있던 선배에게 컵을 건넸다.

"드세요."

"고마워."

컵을 받아들고 한 모금 마신 다음, 선배는 방을 둘러보았다.

"여전히 깔끔하게 정리해 두고 있네, 쿠로야 군의 방."

"물건이 적은 것뿐이에요."

약간 큼직한 책장이 있는 것 말고는 이렇다 할 특징이 없는 방인 것 같다. 책장에 늘어서 있는 것은 내가 나름대로 정한 '1군' 책들. '2군' 책들은 골판지 상자에 넣어서 옷장 안에 보관했고, 정기적으로 교체한다.

다른 사람의 책에 거만하게 등급을 매기는 건 미안한 마음이 들기도 하지만, 책장 공간에 한계가 있는 이상, 어쩔 수 없는 일이다.

"이거. 제가 말했던 책이에요."

책장에서 약속했던 책을 꺼내서 선배에게 건넸다.

"고마워."

책을 받은 다음, 선배는 쿡쿡 웃었다.

"후후. 책장에 있었던 걸 보니 쿠로야 군에게는 '1군'이었던 모양이네."

"……뭐, 그렇죠."

내 1군 2군 제도에 대해서는 예전에 우리 집에 놀러왔을 때 들켰다. '아하하. 나도 비슷하게 하는 거 있는데'라고 말하며 재미있다는 듯이 웃었다.

으음~. 실수했네.

완전히 아무것도 모르는 상태에서 읽고 싶다고 했었는데, 책장에서 꺼내면서 사전 정보를 줘버렸다.

뭐……, 그 반대가 아니라 다행이긴 하지만.

만약에 옷장에서 찾아왔다면——, 내게는 '2군'인 책이라는 걸 미리 알려 줬다면, 분위기가 가라앉았을 것이다.

"읽는 거 기대되네……, 아니, 쿠로야 군. 언제까지 서 있을 거야?"

"아뇨……, 딱히."

"앉으라고."

자기 옆을 툭툭 두드리는 선배.

"……실례합니다."

"실례합니다라니……, 자기 방이잖아?"

사람 한 명 정도가 들어갈 만한 공간을 비워두고 앉은 나를 그녀가 어이없어하는 눈초리로 바라보았다.

　내 방. 그렇긴 하지.

　하지만 지금은……, 엄청 불안한 느낌이다.

　시라모리 선배가 내 방에 있다──, 그 사실을 아직 마음과 머리가 따라잡지 못하고 있다.

　작년에 왔을 때도 매우 동요하고 매우 의식했는데, 오늘은 그 이상이다. 왜냐하면……, 작년과는 모든 것이 다르니까.

　우리는 시험 삼아라고는 해도 커플이 되었고……, 그리고 지금은 우리 말고는 집에 아무도 없다.

　의식하지 말라는 건 말도 안 되는 소리일 것이다.

　으~, 아~, 진정하자. 아무 일도 없을 거야. 아무 일도 없을 거라고. 우리에게 아직 그런 이벤트는 일러. 애초에 어머니가 언제 돌아올지도 모르는데 그런 걸 할 수 있겠냐고. 아니, 그래도……, 잠깐만이라면. '손을 잡는 것' 다음 단계 정도라면 혹시나──.

　그렇게.

　혼자 끙끙대던 동안 생각지도 못한 공격이 날아들었다.

　"──에잇."

　"으햐아악!"

　생각에 잠긴 내 옆구리에 간지럽히기 공격이 급습했다.

　어느새 내 뒤로 파고든 시라모리 선배가 두 손으로 내 옆구리를 붙잡고 마구 간지럽힌 것이다.

"아하하. '으햐아악'이래."

"뭐, 뭐 하는 거예요⋯⋯?"

"아니~, 왠지 침묵을 견딜 수가 없어져서, 나도 모르게."

"⋯⋯나도 모르게는 무슨."

"후후. 쿠로야 군은 꽤 민감하구나. 간질간질~."

"흐윽⋯⋯, 아, 안 돼요⋯⋯, 그만하시라고요!"

필사적으로 저항하면서 도망치려 했지만, 선배는 장난기 어린 미소를 지은 채 나를 놓아주려 하지 않았다. 옆구리에 가져다 댄 손을 마구 움직여 댔다.

나는 이제⋯⋯, 어떻게 해야 하는 건지 알 수가 없었다.

간지럽고 창피하고⋯⋯, 그래도 이렇게 장난치는 느낌이 나쁘지 않은 것 같기도 하고, 그래도, 그래도, 믿기지 않을 정도로 얼굴이 뜨거워지고⋯⋯ 아, 정말, 영문을 알 수가 없네!

"좋은 게 좋은 거야, 좋은 게 좋은 거라고."

"⋯⋯윽. 이제 그만하지 않으면 화낼 거예요⋯⋯!"

두 손으로 선배의 손을 잡고 노려보았다. 하지만 아마 울상을 짓고 있을 테니 딱히 박력은 없을 것이다.

"아하하. 미안해. 쿠로야 군이 반격을 하지 않길래 신이 나 버렸거든."

"바보 취급하기는⋯⋯. 저도 받아칠 때는 받아친다고요."

이야기의 흐름에 따라 그렇게 말했더니.

"⋯⋯호오. 그렇구나."

시라모리 선배는 의미심장한 미소를 짓고는 제자리에서 일어섰다.

그리고 뒷짐을 진 다음 몸을 약간 앞으로 숙였다.

"그럼──, 좋아."

"……네?"

"받아쳐도 좋다고. 이대로 끝내면 불공평할 테니까."

"──윽."

서, 설마……, 방금 그걸 받아치라는 거야?!

옆구리를 간지럽히는 행동을, 있는 그대로 선배에게 받아치라고?!

"자, 마음대로 해."

약간 부끄러운 듯이 얼굴을 붉히면서도 시라모리 선배는 매우 가학적인 미소를 지으며 부추기는 듯이 말했다.

두 손을 뒤로 돌리고 무방비한 자세를 드러내고 있다.

옆구리를 노리기 쉽게끔 해주는 거겠지만……, 그렇게 몸을 앞으로 숙인 자세라서 풍만한 가슴이 더욱 강조되고 있다. 셔츠를 밀어내고 있는 두 봉긋한 부분. 나는 이제 어디를 봐야 할지 몰라서 고개를 숙일 수밖에 없었다. 긴장해서 입안이 바싹 마르는 게 느껴졌다.

이게 뭐지?

어떻게 하지? 어떻게 하면 되는데?

만져도 되는 흐름인가?

내가, 시라모리 선배의, 옆구리를──.

Illustrations © Hyuuga Azuri

"왜 그래? 쿠로야 군. 만져도 된다니까?"

"……아뇨, 저기."

겨우 옆구리를 만지는 것 정도. 사람에 따라서는 애인이 아니라 그냥 이성 친구라도 태연하게 할 행동일지도 모르겠다. 하지만——, 나 같은 아싸는 그럴 수 없다. 여자 옆구리를 간단히 만질 수는 없다.

게다가 그 상대가 시라모리 선배라면——.

"역시 못하는 거야? 그렇겠지, 쿠로야 군은 부끄럼쟁이니까. 정말 좋아하는 선배의 옆구리 같은 건 창피해서 만질 수 없겠지~."

"으윽."

젠장……!

바보 취급하기는……!

내가 절대로 손대지 않을 거라 생각하고 안심한 거구나!

어쩌면 나에 대한 신뢰일지도 모르겠지만, 남자로서는 매우 굴욕적이다. 이대로 평소처럼 부끄러워서 물러나면 남자가 아니다.

해라.

하라고, 쿠로야 소키치.

바로 지금이 반기를 들 때다.

나를 완전히 얕보고 있는 선배에게 할 때는 하는 남자라고 어필해야 한다. 위기는 기회다. 평소에 패배하기만 했던 연애 게임에서 한 방 먹여줄 기회다.

지금 남자다운 모습을 보여주지 않으면 어쩔 건데⋯⋯!

"후후. 쿠로야 군은 귀엽네. 옆구리를 만지기만 하는 건데 그렇게 부끄러워하기는. 그래도 뭐⋯⋯, 나는 쿠로야 군의 그런 구석──."

완전히 방심한 시라모리 선배가 내게서 눈을 돌린 순간.

나는 그녀를 침대로 밀쳐서 넘어뜨렸다.

억지로, 있는 힘껏, 강제로.

그렇게 닿는 걸 망설이던 배와 어깨를 잡고 침대에 억눌렀다.

"⋯⋯어, 어⋯⋯어어?!"

내 팔 밑에 있는 선배는 상황을 전혀 이해하지 못한 듯이 이상한 목소리를 냈다.

"쿠, 쿠로야 군⋯⋯?"

경악과 불안이 담긴 눈초리로 이쪽을 올려다보았지만, 나는 힘을 빼지 않았다. 선배를 억누른 채, 나도 침대 위로 올라갔다.

"어⋯⋯, 앗⋯⋯, 미, 미안해, 쿠로야 군, 나⋯⋯, 너무 까불어 대서."

"⋯⋯⋯⋯."

"아, 안 돼, 잠깐만⋯⋯ 저기, 너, 너무 갑작스러워서, 아,

아직⋯⋯, 마음의 준비가⋯⋯."

내 팔 아래에서 시라모리 선배가 뭔가 말한 것 같은 느낌이 들었지만——, 솔직히 거의 알아듣지 못했다.

그럴 때가 아니었다.

내 시선과 의식은——, 창밖에 쏠려 있었다.

"이런, 어머니가 돌아오셨네⋯⋯!"

어머니가 타고 다니는 경차 엔진 소리가 들린 것 같아서 급하게 바깥을 확인해 보니 예상했던 대로 최악의 사태였다.

장을 보러 나갔던 어머니가 생각했던 것보다 일찍 돌아왔다.

이미 차에서 내린 뒤였고——.

"어⋯⋯, 어, 어머님께서 돌아오셨어?"

"그런 것 같아요⋯⋯, 아무튼 선배는 침대에서 이불을 뒤집어쓰고 숨어주세요!"

젠장. 이제 시간이 없다.

옷장도 생각해 보았지만, 책이 가득 찬 골판지 상자가 쌓여 있어서 선배가 숨을 만한 공간이 없다. 침대 아래⋯⋯는 안 될 것 같다. 요즘 청소를 게을리해서 먼지투성이일 것이다. 그렇게 더러운 곳에 선배를 밀어넣을 수는 없다.

어머니가 집으로 들어올 때까지 10초도 안 남았을 것이다.

"⋯⋯저, 저도 같이 들어갈게요!"

"어, 어어?"

당황하는 선배를 무시하고 이불 안으로 침입했다.

선배는 온 몸을, 그리고 나는 하반신만 가리게끔.

그녀 혼자만 이불로 숨기려 하면 이불이 불룩 튀어나와 보이게 된다.

그렇다면——, 나도 함께 들어갈 수밖에 없다.

"자, 잠깐만, 쿠로야 군……."

"부탁드릴게요, 협력해 주세요. 어떻게든……, 저 혼자 이불 안에 들어가 있는 것처럼 보이게끔."

둘이서 이불을 뒤집어쓰고 나만 상반신을 내놓고 있으면 다른 사람이 보기에는 내가 혼자 이불을 덮고 있는 것처럼 보일 것이다.

하지만 그러기 위해서는……, 내 하반신과 그녀의 온몸을 꽤 많이 밀착시킬 필요가 있다.

"쿠, 쿠로야 군……."

"죄송해요, 이런 짓을 하게 해서……. 그, 그래도, 죄송해요. 조금만 더 제 쪽으로 붙어 주세요……!"

"으, 으앗. 잠깐, 어……, 어어?"

창피한 마음을 억누르고 선배에게 하반신을 들이댔다. 이불 때문에 안 보여서 뭐가 어떻게 된 건지는 모르겠지만……, 뭐가 어떻게 되었든 간에 엄청난 일이 벌어졌을 것 같았다.

그녀의 온몸과 내 하반신이 밀착되어있다.

생각하기만 해도 뇌수가 끓어오를 것 같지만, 긴급 사태니까 생각하지 않기로 했다.

"앗, 거, 거기는⋯⋯, 으, 으으~! 저기, 쿠로야 군, 내 이야기를——."

"⋯⋯괜찮아요."

나는 이불 속에서 날뛰는 선배를 억누르며 말했다.

"시라모리 선배는 제가 반드시 지켜드릴 테니까."

"⋯⋯⋯⋯."

날뛰던 선배가 한순간 얌전해졌다.

그 직후——, 찰칵, 현관문을 여는 소리가 울렸다.

그 뒤를 이어서.

"소키치, 왔니~?"

어머니가 나를 부르는 목소리가 들렸다. 문을 잠그지도 않았고, 현관에 신발도 있으니 내가 돌아온 걸 눈치챘을 것이다——, 응? 신발?

아, 아차!

선배의 신발을 숨겨두지 않았어!

"누구 친구라도 왔니~?"

⋯⋯큰일이다. 어머니는 이미 현관에 있는 낯선 신발을 봐 버린 모양이다. 어쩌지? 어떻게 하면 되지? 내 신발이라고 둘러댈까? 척 보기에도 여자용 로퍼지만⋯⋯, 좋아하는 여학생의 신발을 무심코 훔쳐와 버렸다는 방향으로⋯⋯, 그런 범죄를 고백하면⋯⋯, 어머니가 눈물을 흘릴지도 모르겠지만, 그래도 둘러댈 방법은 그것밖에——.

내가 필사적으로 머리를 굴리며 이것저것 방법을 생각하

고 있자니 그녀도 다시 이불속에서 부스럭거리며 움직이기 시작했고.

"푸핫."

내 바로 옆에서 고개를 내밀었다.

"아~, 답답했어."

"앗. 시, 시라모리 선배! 얼른 숨으세요! 안 그러면 어머니에게 들키——."

"……있지, 쿠로야 군. 애초에 말이야."

시라모리 선배가 말했다.

차분한 목소리로, 타이르는 듯이.

"나, 들켜도 상관없잖아?"

그런 다음——.

둘이서 현관으로 내려가 아무렇지도 않게 인사했다.

"어머어머, 시라모리 양, 오랜만이야."

"오랜만에 뵙네요, 어머님."

"정말 그렇다니까. 반년 정도만인가? 왠지 살도 좀 빠진 것 같은데?"

"전혀요. 오히려 조금 쪘어요."

"그러니? 그래도 여전히 미인이구나."

"아뇨아뇨, 그렇지 않아요. 그렇게 말씀하신 어머님이야말로 여전히 아름다우시네요."

"어머, 빈말을 잘하네. 그럼 나는 나갈 건데, 느긋하게 있다가 가렴. 부지 편집 열심히 하고."

"감사합니다."

"소키치. 너도 잘 대접하렴."

"……아~, 네, 네."

"대답은 한 번만."

"…………네."

"응. 그럼 안녕~."

어머니는 그렇게 말한 다음 다시 장을 보러 나갔다. 집에
는 지갑을 놓고 와서 돌아온 모양이었다.

현관문이 닫히자──.

"……후후후."

"~~윽!"

엄청나게 신이 난 것 같은 시라모리 선배와 치욕스러워서
죽고 싶어진 나만이 남았다.

도망치는 듯이 현관에서 방으로 돌아가려 했지만, 당연히
시라모리 선배도 따라왔다. 계단을 올라가는 내 뒷모습을
향해 그녀는 들뜬 목소리로 말했다.

"아~, 깜짝 놀라네. 설마 쿠로야 군이……, 갑자기 덮칠
줄이야. 의외로 대담한 구석도 있구나~."

"……윽."

으~아아~악!

대체 무슨 짓을 한 거야?!

그래, 숨을 필요 같은 건 없었다고! 선배는 우리 집에 온

적이 있고, 어머니하고도 만난 적이 있으니까. 이번에도 '부지 편집'이라고 적당히 거짓말로 둘러대면 되는 거였다고! 어차피 집에 온 것만으로 사귄다고 생각하진 않을 테고, 아니, 딱히……, 최악의 경우, 어머니에게 들킨다 하더라도 문제가 없을 테고. 아저씨와 여고생, 또는 27세 회사원과 남자 고등학생 같은 금지된 연애도 아니니까.

그런데도 혼자서 초조해하다가 숨어야만 한다고 착각하고는…….

저질렀다.

완전히 저질러 버렸다.

이제……, 아무리 바보 취급당하더라도 불평할 수가 없어!

"설마 이런 형태로 쿠로야 군하고 같은 침대에 눕게 될 줄은 몰랐어. 첫 베드인은 좀 더 로맨틱한 걸 기대했었는데."

방으로 돌아온 뒤에도 공세는 멈추지 않았다.

"시라모리 선배는 제가 반드시 지켜드릴 테니까."

"…………이제 진짜 좀 봐주세요."

성대모사가 내 숨통을 끊었다. 끄아아악……, 촌스러워, 진짜 촌스러워.

진짜 내가 무슨 짓을 한 거지……?

죄다 헛발질만 해서 역효과만 났다…….

"어~, 그렇게 간단히 봐줄 수는 없을 것 같은데~. 꽤 답답했고, 교복에는 주름이 잔뜩 생겼고……, 그리고, 네 하반신을 이곳저곳에 들이댔으니까아~."

"……죄, 죄송합니다."

"후후후. 농담이야, 농담, 화 안 났어."

내가 고개를 숙이자 시라모리 선배는 밝게 웃었다.

"나도 잘 알아. 쿠로야 군이 나를 지켜주려고 했던 건. 고
마워."

"……고맙다는 인사를 받을 일은 아닌데요. 완전히 헛짓
이었으니까."

"그래도 말이야. 마음이 기뻤던 거니까."

"…………그렇다면 놀리지 않아도 되는 거 아닌가요."

"그건 뭐, 조금은 받아쳐야지. 진짜……, 엄청나게 놀랐
으니까."

심술궂게 웃는 선배를 보고 나는 한숨을 크게 쉬었다.

그런데 잠시 후——, 그녀의 표정이 바뀌었다.

놀리는 듯한 미소에서 덧없는 분위기가 느껴지는 미소로.

"쿠로야 군은……, 항상 나를 도와주려 하는구나."

슬쩍 일어나서 창밖에 펼쳐진 저녁놀을 바라보며, 시라모
리 선배는 그렇게 말했다. 저무는 저녁놀이 비추는 그 얼굴
이, 왠지 조용하고 신비로웠다.

"작년 문화제 때도 쿠로야 군이 도와주지 않았다면 나는
어떻게 되었을지 모르니까."

"……딱히 대단한 일을 한 건 아닌데요."

나는 말했다.

작년 문화제——.

그때, 나는 분명히 시라모리 선배를 위해 행동했다.

동경하는 선배를 돕기 위해 온 힘을 다했다.

하지만──, 그게 아니다.

아니다.

그때 도움을 받았던 건, 구원받았던 건, 사실은 나였으니까──.

"이래 봬도 꽤 고마워하고 있고, 믿고 있어……, 앗."

말하던 도중에 시라모리 선배가 그런 목소리를 냈다.

시선은 내 책장을 향하고 있었다.

그녀가 손을 뻗어 책 한 권을 꺼냈다.

책장 제일 위쪽, 오른쪽 끝.

제일 눈에 띄는 곳에 끼워둔 책 한 권.

"정겹네, 이거."

시라모리 선배는 그렇게 말하고 사랑스럽다는 듯이 책의 표지를 바라보았다.

"나하고 쿠로야 군이 처음 만났을 때……, 우연히 둘 다 가지고 있던 책."

"……그, 그런 적도 있었죠."

둘러대는 듯이 대답하면서 마음속으로는 마구 동요하고 있었다.

이런……, 숨기는 걸 깜빡했네. 예전에 선배가 우리 집에 왔을 때는 전날부터 확실하게 준비를 했으니 숨겨 놨지만, 오늘은 갑자기 온 거라 그것까지 신경 쓰진 못했다.

위험하다.

그 책이 화제가 되는 건 위험하다.

지금 선배가 들고 있는 책이 사실 선배의 책이었다는 걸 들키면——.

"있지, 쿠로야 군."

전전긍긍하던 내게 시라모리 선배가 말했다.

"이거——, 내 책이지?"

한순간, 호흡이 멎었다.

반사적으로 시라모리 선배의 얼굴을 올려다보았다.

깜짝 놀란 나와는 대조적으로 그녀는 부드러운 눈초리로 이쪽을 보고 있었다.

"부실에서 처음 만난 날……, 집에 갈 때 당황하다가 서로 착각해서 상대방의 책을 가지고 갔잖아……, 아니야?"

"……누, 눈치채고 계셨어요?"

"그렇지."

조용히 고개를 끄덕인 시라모리 선배.

"쿠로야 군도 눈치챘구나. 혹시……, 처음부터 알고 있었어? 집에 갈 때 내가 가지고 갈 책을 착각했던 거……."

"——윽."

"내가 책을 든 순간, '앗'이라고 했으니까."

"……죄송합니다."

아, 끝났다. 전부……, 들켰어. 처음 만난 날, 내가 눈치채지 못한 척하면서 선배의 책을 가지고 왔던 거. 최악이다.

이런 스토커 같은 행동을 했으니 기분 나빠할 게 뻔하다.

"사과할 필요 없어. 화가 난 건 아니니까. 아니……, 실은 말이야."

시라모리 선배는 말하기 껄끄럽다는 듯이, 부끄러운 듯이 계속 말했다.

"나——, 일부러 그랬어."

"……네?"

무슨 뜻인지 이해가 되지 않았다.

일부러 착각했다고?

"테이블 위에 있던 책을 집을 때……, 일부러 쿠로야 군의 책을 집었어."

"……어, 어째서 그런 짓을 한 거죠?"

"이유가 뭘까. 아하하. 나도 잘 모르겠어. 그냥 왠지……, 그러자는 생각이 나서 그랬지. 재미있을 것 같아서."

왠지 자조하는 듯이 웃으며 시라모리 선배는 계속 말했다.

"뭐라고 해야 하나……, 마음이 들떠서 그랬던 걸까? 동호회에 들어온 사람이 이야기가 잘 통할 것 같은 후배 남자애였고, 그 애는 우연히도 나와 같은 책을 읽고 있었고……, 그래서 들떠서 기분이 좋아져 버렸어. 왠지——, 운명적인 것 같아서."

"…………"

"그래서 착각한 척하면서 쿠로야 군의 책을 가져가 버렸어. 서로 책을 교환하고……, 그걸로 인해 뭔가 이벤트라도 생기면 즐거울 것 같다고 생각한 거야."

1년 만에 고백하는 진상.

곧바로 받아들일 수가 없었고, 계속 혼란스럽기만 했다. 그날 책을 교환한 건 내게는 흑역사 같은 거였고, 정말로 기분 나쁜 짓을 했다고 후회했는데──, 그런데.

그것은 그저 우연이 아니었다.

두 사람이 같은 책을 읽었던 것까지는 우연이었지만, 거기에 두 사람의 의도가 개입해서 뒤얽혔다.

선배도 나와 마찬가지로 무언가를 기대했던 모양이다.

우연을 그냥 우연으로 끝내지 않게끔 해 줄 무언가를.

우연을 운명이라 부를 수 있을 만한 것으로 만들어 줄 무언가를──.

"뭐⋯⋯, 결국 아무런 일도 없었지만 말이야. 쿠로야 군은 그 이후로 그 이야기를 전혀 하지 않았으니까."

"⋯⋯할 수 있을 리가 없잖아요. 저도 나름대로 기분 나쁘게 아무런 말도 없이 선배의 책을 가지고 와버린 걸 계속 후회했으니까요. 선배에게 언제 들킬지 계속 겁먹고 있었으니까."

"아하하, 그렇구나. 나도 나름대로 일부러 그랬다는 걸 들키면 어쩌지라고 생각했으니까 둘 다 이야기를 꺼내지 않을 만도 하네."

서로 상대방의 반응을 기다리면서 교착 상태 같은 것에 빠져 있었던 모양이다.

그렇다면 무슨 일이 생길 리가 없다.

"서로 말하지 못한 채 1년이나 지나버린 거구나. 후후. 의외로 닮은꼴인지도 모르겠어, 우리."

닮은꼴.

그 말은 왠지 매우 쑥스러운 느낌이었다.

음침하고 삐뚤어진 아싸와 밝고 인기가 많은 인싸──, 완전히 극과 극인 우리가 닮은꼴이라니.

"결국 책을 교환한 것을 계기로 아무런 이벤트도 벌어지지는 않았지만……, 그래도 다른 여러 가지 이벤트가 있었고, 그 결과로 쿠로야 군하고 사귀게 되었으니까, 인생은 진짜 알 수가 없네."

시라모리 선배는 혼잣말처럼 그렇게 말하며 침대에 앉았다.

그런 다음 툭툭, 자기 옆을 두드렸다.

"쿠로야 군, 여기 앉아."

"……어째서요?"

"일단 앉아봐."

"…………시, 실례합니다."

반론을 용납하지 않으려는 말투였기에, 나는 따를 수밖에 없었다. 창피한 마음을 억누르고 그녀가 지시한 곳──, 선배와 매우 가까운 위치에 앉았다.

그것만으로도 긴장하고 흥분해서 힘들었는데──, 그 직후, 시라모리 선배가 믿기지 않는 행동을 했다.

"콰앙~!"

그렇게.

입으로 효과음을 내면서 나를 있는 힘껏 밀쳐서 넘어뜨렸다.

"어, 어, 어어……?!"

"후후. 덮쳐 버렸네."

"……무, 무슨 짓을."

"아까 복수."

매우 혼란스러워하는 나를 신이 나서 내려다본 다음, 선배는 내 옆에 누웠다.

둘이서 나란히 침대에 누워있다.

믿기지 않을 정도로 가까운 거리에서 서로 마주하고 있다.

"첫 베드인인데 아까처럼 하는 건 아깝잖아. 그러니까 다시 해볼까 해서."

"다, 다시 하다뇨."

"안심해, 아무것도 안 할 테니까. 이렇게 같이 누워있기만 할 거야."

그녀는 겁이 난 아이를 타이르는 것 같은 말투로 말하며 몸을 약간 내 쪽으로 틀었다. 가깝다. 정말 가깝다. 그녀가 숨결이 닿을 것 같은 거리에서 나를 바라보니 나는 뭐가 뭔지 알 수가 없어졌다.

"있지, 쿠로야 군……, 나, 좋아해?"

"……꼭 말해야 하나요?"

"꼭 말해야 해. 반드시. 말 안 하면 헤어질 거야."

"…………좋아, 해요."

"얼마나?"

"……그럭저럭요."

"그럭저럭?"

"………………엄청나게 좋아해요!"

"후후후. 좋아."

자포자기하는 듯이 소리치자 시라모리 선배는 만족스러운 듯이 미소를 지은 다음 내 머리를 살짝 쓰다듬었다. 매우 굴욕적인 기분이었지만……, 이런 것도 나쁘지 않다고 생각하는 마음도 있었고, 그것 또한 굴욕적이었다.

"그리고 보니 쿠로야 군이 말했었지──, 자기 같은 아싸는 여자애가 조금만 잘 해주면 그것만으로도 금방 좋아하게 되어 버린다고."

"네……."

말했다. 시라모리 선배가 '어디가 좋아?'라고 물었을 때 부끄러운 마음을 숨기려고 그런 식으로 대답했다.

"후후, 큰일이네. 이리 심술궂은 여자를 좋아하게 되어서."

"……윽."

지근거리에서 날아든 고혹적인 미소와 도발적인 말. 눈과 귀에 스며들어서 머리에 닿자 뇌가 조금씩 녹아내리는 것 같았다.

"앗. 그렇지. 모처럼 기회가 생겼으니까 기념으로 사진이라도 찍을까?"

시라모리 선배는 스마트폰을 꺼내 카메라 어플을 띄웠다.

"아직 둘이서 사진 찍은 적 없었으니까."

"……몇 번 찍은 적 있잖아요? 작년 문화제가 끝났을 때라든가."

"사귀기 시작한 뒤로는 아직 안 찍었다는 뜻이야. 뭐, 동아리 활동 기념사진 같은 건 몇 번 찍긴 했지만."

그래도, 시라모리 선배는 그렇게 말했다.

안 그래도 가까운데 다시 거리를 살짝 좁히면서.

침대 위에서 슬쩍슬쩍 다가와서 드디어 어깨와 어깨가 맞닿아버렸다.

"이렇게 밀착해서 찍은 적은 없었잖아?"

"……너무 가까이 붙으면 화상 입을걸요."

"그게 무슨 소리야? 내게 반하면 화상을 입을 거다, 그런 뜻이야?"

쿡쿡 웃는 시라모리 선배에게 마음속으로만 말했다.

아니야.

화상을 입는 건——, 나라고.

당신이 다가올 때마다, 나를 놀릴 때마다, 몸과 얼굴이 믿기지 않을 정도로 뜨거워진다. 평소에는 아무도 다가오지 못하게 지키고 있는 마음속 가장 안쪽의 민감한 부분이 너무 눈부신 빛 때문에 큰 화상을 입어버린다.

"그럼, 찍는다, 쿠로야 군."

Illustrations © Hyuuga Azuri

"……SNS 같은 곳에 올리지는 말아 주세요. 사무소에서 못 하게 하니까."

"아하하. 알았어. 나도 사무소에서 못 하게 하니까 누구도 못 보게 할게."

"부탁드릴게요."

"둘만의 보물로 삼고 싶다, 그런 뜻이지?"

"……굳이 따지진 않을게요."

그렇게 영문을 알 수 없는 이야기를 나눈 뒤에, 셔터를 눌렀다.

사귀기 시작하고 나서 처음 찍은 사진은 침대 위에 누워서 찍은 셀카.

찍힌 사진을 보니 선배는 확실하게 귀여운 미소로 찍혔지만, 나는 매우 어색하고 딱딱한 미소를 짓고 있었다.

빈말로도 잘 나온 투샷이라고 할 수는 없지만, 그래도 왠지 정말 우리다운 사진인 것 같았다.

결국 사귀기 시작하고 나서 처음 한 집 데이트도, 사귀기 시작하고 나서 처음 찍은 셀카도, 전부 선배가 주도하고 나는 리드당하기만 했다.

나와 그녀의 연애 게임은 오늘도 내 패배로 끝나버렸다.

연전연패.

완전 패배.

왜 패배냐면⋯⋯, 졌는데도 행복해지기까지 했으니, 두
손 두발 다 든 패배자라고 할 수밖에.

방과 후——.

내가 항상 그랬듯이 부실로 가자 선배가 먼저 와서 자고 있었다.

긴 테이블에 쓰러진 듯한 자세로 푹 자고 있다. 벗어둔 블레이저는 접이식 의자에 걸쳐두었고, 손가에는 스마트폰이 있다.

스마트폰을 만지작거리다 잠든 느낌인가?

"……그러고 보니 오늘은 잠을 별로 못 잤다고 했던가?"

오전 중에 라인으로 그런 이야기를 주고받았다.

밤 늦게까지 책을 읽다 보니 잠을 못 자서 졸리다고.

나는 부실로 들어가 조용히 문을 닫았다.

조용히 걸어가서, 조용히 짐을 내려놓고, 조용히 의자를 당겨서, 항상 그랬듯이 맞은편 자리에 앉았다. 잠을 못 잔 거라면 딱히 깨우고 싶진 않다. 모처럼 기분 좋게 자고 있으니 푹 잤으면 좋겠다.

"…………."

새삼, 자고 있는 시라모리 선배를 바라보았다.

빈틈투성이인 자세로 무방비하게 잠든 얼굴을 드러내고 있었다.

긴 속눈썹, 오똑한 콧등, 작은 숨소리가 새어 나오는 입술……, 모든 것이 너무나도 매력적이라 무심코 시선이 빨려들어 갈 것 같았다.

평소였다면 창피해서 금방 눈을 돌려 버렸겠지만, 지금이라면 차분히 상대방의 얼굴을 바라볼 수 있다.

"……귀엽다니까."

마음 속에서 솟구치는 행복한 느낌이 밀어낸 것처럼, 자연스럽게 말이 새어 나왔다.

귀엽다.

아무튼 귀엽다.

"안 그래도 진짜 귀여운데, 자는 모습까지 귀엽다니. 아, 젠장……, 이 사람은 천사인가?"

평소에는 생각하고도 쑥스러워서 하지 못한 말이 지금은 술술 나왔다.

"……아직도 믿기지 않네. 이렇게 천사처럼 귀여운 사람이 내 여자친구라니. 계속 정말 좋아했던 선배하고 시험 삼아라도 커플이 될 수 있다니. 정말 꿈만 같아……."

계속 애달프게 좋아해 왔던 상대와──, 어떻게든 내 것으로 삼고 싶어서 견딜 수가 없었지만 '어차피 나는 안 되겠지'라고 생각하며 반쯤 포기하고 있던 상대와.

어떻게 된 일인지 사귀게 되어버렸다.

마치 꿈이나 환상인 것만 같다.

"……감사합니다, 시라모리 선배."

자고 있는 그녀에게 말을 자아냈다.

"저는 선배하고 사귀게 되어서 정말 기뻐요. 이렇게 귀엽고 최고인 여자친구가 있다니, 저는 아마……, 아니, 분명히 세계에서 제일 행복한 남자일 것 같네요."

이런 말은 사실 깨어 있을 때 하지 않으면 의미가 없을지도 모르겠지만……, 그런 건 못한다. 평소에 선배 앞에 있으면 부끄럽고 쑥스러워서 솔직한 마음 같은 건 절대로 말할 수 없다.

정말.

이러면 츤데레라고 해도 따질 수가 없겠네.

아, 그렇지.

츤데레라고 하니──.

"……시라모리 선배는 아마 눈치 못 챘겠죠? 간데레의 진짜 뜻……."

간데레.

자전거를 둘이서 같이 탔을 때, 내가 선배를 부른 명칭.

문득 생각나서 무심코 말해버렸다.

선배에게, 시라모리 카스미라는 여자에게 딱 어울리는 말이라는 생각이 들어서.

"간단히 애정 표현하니까 간데레──라는 건 거짓말이에요. 진짜 의미는……, 쑥스러워서 도저히 말할 수가 없었어요."

그때는 쑥스러워서 둘러댔던 진실을 잠든 그녀에게 전했다.

"사실 '칸데레'라고, 라틴어예요. 샹들리에의 어원이 된

말이고, 그 의미는……, '빛나다, 비추다'."

사전을 읽는 것처럼 혼잣말을 하며 손을 천천히 뻗었다.

책상 위에 내밀고 있는 그녀의 손 쪽으로.

하지만 만지지는 않았다.

자고 있는 그녀를 깨우고 싶지 않으니까——, 조금만 더 천사처럼 잠든 모습을 보고 싶으니까.

사실은 지금 당장 손을 잡고 싶지만.

손뿐만이 아니라, 그녀의 모든 것을 끌어안고 싶지만——.

"시라모리 선배는 제게……, 빛 그 자체예요. 시시한 일 때문에 좌절하고, 혼자서 멋대로 절망하고, 마음을 닫고……, 새까만 세계에 틀어박혀 있던 저를, 당신이 비췄어요."

당신이 있었기에 일어설 수 있었다.

당신이 있었기에 앞을 볼 수 있었다.

꿈에 빠지고 꿈에 휘둘린 내가 다시 꿈을 향해 걸어가자고 생각하게 되었다. 부끄러움과 후회의 상징에 불과했던 과거에도 조금이나마 의미가 있다고 생각하게 되었다.

나 자신을——, 조금이나마 믿을 수 있게 되었다.

시라모리 선배라는 존재는 내게 빛이자 구원이었다.

태양처럼 눈부시게, 달빛처럼 부드럽게, 때로는 편하게, 때로는 거세게 세계를 비춘다.

깊고 새까만 숲에 꽂힌 화살과도 같은 한 줄기 하얀 빛.

손이 닿을 거라고는 생각하지 못했다.

보고 있기만 해도 만족했다. 근처에 있기만 해도 행복했

217

다. 그 이상 주제넘는 소원을 품으면 안 된다고 생각했다. 나 같은 게 손을 뻗으면 태양을 향해 날아오른 이카로스처럼 바다에 떨어져서 죽을 뿐이라고 생각했다.

하지만, 지금은——.

"…………"

아주 살짝 손을 뻗었다. 양쪽 손가락 끝이——, 살짝 닿았다. 겨우 그것만으로도 온몸이 마비되는 것 같은 느낌이 들었다.

이것이……, 지금 내 한계.

손을 잡기는커녕, 손가락이 닿은 것만으로도……, 흥분하고 긴장해서 영문을 알 수가 없어졌다.

"……죄송합니다, 선배. 정말, 한심한 남자친구라서."

툭하면 당황하고, 사소한 일 때문에 안절부절못하고……, 내가 생각해도 정말 한심하다.

"그래도——, 저, 노력할 테니까요."

나는 말했다.

"무슨 기적인 건지는 모르겠지만……, 선배와 이렇게 시험 삼아서라도 사귀는 커플이 되었으니까요. 데이팅 기간 같은 관계가 되었으니까요. 어설프게 기회 같은 걸 주니까……, 이제 짝사랑으로는 만족할 수 없게 됐다고요."

멋대로 신성시하고, 멋대로 우상숭배하다가 손을 뻗는 걸 포기한 척하면서 도망치는 건 이제 그만두자.

확실하게 손을 뻗자.

달과 태양조차 움켜쥘 기세로——, 손을 뻗자.

진심으로, 진지하게, 필사적으로——.

"금방은 힘들지 모르겠지만, 지금은 아직 지기만 하지만——, 그래도 언젠가는 반드시 이길 거예요. 시라모리 카스미의 마음을 내가 반드시 손에 넣을 테니까."

아직 깊게 잠든 여신에게 나는 말했다.

그것은 선서이자——, 그와 동시에 선전포고였다.

연애라는 이름의 심리 게임.

어떻게 해볼 수가 없는 수준인 망겜에, 게다가 내게는 적성이 아예 없다.

하지만 나는 이제 도망치지 않는다.

나와 안 맞는 이 게임에서 계속 싸워나가기로 결심했다.

"……훗. 하하."

기나긴 혼잣말을 마치고 나는 무심코 웃어버렸다.

"난 왜 혼자서 이런 말을 하고 있는 거야……."

닿은 손가락을 거두며 자조했다.

이런이런.

내가 생각해도 창피한 말을 해버린 것 같다.

이런 혼잣말을 누가 들었다면 자살감이겠는데.

○

……안 자거든요오오오오오오오오오오오오오오오!

그렇게.

나는 마음속으로 크게 절규했다. 얼굴은 겨우 잠든 표정을 유지하고 있지만, 마음속은 엄청난 일이 벌어졌다. 조금이라도 방심하면……, 온몸에서 불을 내뿜을 것 같다. 너무 부끄러워서 죽어버릴 것 같다.

아, 정말……, 어째서 이렇게 되는 건데?!

그냥 평소처럼 놀려주려고 생각했던 것뿐인데…….

사실 나는── 처음부터 계속 깨어 있었다.

자는 척하면서, 평소처럼 쿠로야 군을 놀려줄 생각이었다. '잠을 별로 못 잤다'라는 게 거짓말은 아니지만, 그에게 메시지를 보낸 다음에 이 장난이 생각나서 무심코 실행해버렸다.

내가 자고 있으면──, 과연 그가 어떤 행동을 할까.

그게 신경 쓰여서 나도 모르게 함정을 파버렸다.

생각하고 있던 패턴으로는 잠든 모습을 사진으로 찍는다든가, 벗어둔 블레이저 냄새를 맡는다든가. 그리고……, 키, 키스를 한다든가?

그가 어떤 행동을 하기 시작하면 '아쉽네요~, 깨어있었습니다~! 후후후. 자, 방금 뭘 하려 했던 거야? 호오, 흐음~, 쿠로야 군은 내가 잠든 사이에 그런 짓을 하려고 했구나~' 라면서 신나게 놀려줄 생각이었는데──.

그런데……, 뜻밖의 공격이 날아들었다.

쿠로야 군──, 왜 갑자기 사랑을 속삭이는데?!

잠든 내게 온 힘을 다해 사랑을 속삭이기 시작하는 건데!

잠든 내가 다 부끄러워지는 말을 술술 말해 대고! 아무리 내가 자고 있다고 생각해도 정도가 있지, 그런 생각이 들 정도로 정열적으로 사랑을 전달한 것 같은데!

정열적이고, 순수하고, 진지한 사랑──, 나를 좋아한다는 마음이 뼈저리게 느껴져서……, 죽을 만큼 부끄럽다.

정말, 몸과 마음이 어떻게 되어버릴 것 같아.

그리고……, 간데레.

'빛나다, 비추다'라는 뜻의 라틴어라는 건 전혀 몰랐다. 설마 그가 이 세 글자에 그런 마음을 담아서 말했을 줄이야.

으으~~……, 아아~~~, 정말!

으아~라고, 으아~! 으아~라는 말밖에 할 말이 없어……!

평소에는 부끄럼쟁이에 삐뚤어진 태도만 보이는 주제에, 어째서 내가 안 볼 때는 갑자기 믿기지 않을 정도로 솔직해지는 건데?!

어째서 내가 안 보는 순간만 노려서 엄청난 공격을 해대는 거야?!

"…………."

에휴.

뭐, 결국 쿠로야 군은 그런 남자인 거겠지.

생각해 보니──, 그날도 결국 그런 느낌이었고.

내가 보고 있지 않다고 생각할 때만, 쿠로야 군은 솔직하고 남자다웠으니까.

우리가 시험 삼아 사귀기 시작한 그날──.

○

　"——좋아해요."

　방과 후, 친구와 이야기를 하다가 조금 늦게 부실로 간 나를 기다리고 있던 건 문 너머로 들린 고백이었다.

　경천동지.

　문에 손을 뻗은 상태로 완전히 굳어버렸다.

　어? 어? 어?

　방금 부실 안에서 '좋아해요'라는 말이 들렸는데.

　목소리는 완전히 쿠로야 군의 목소리였고.

　"시라모리 선배…… 저, 예전부터 당신을 좋아했어요. 혹시 생각 있으시면 저하고 사귀어 주세요!"

　"~~윽?!"

　잠깐만.

　잠깐만 기다려봐.

　어? 뭐야, 뭐야, 무슨 소리야?!

　이거 설마——, 고백?!

　시라모리 선배는, 그러니까 나고……, 그러니까 이건——, 나한테 하는 고백?!

　어? 어?

　쿠로야 군이……, 나를 좋아했던 거야?!

　"……에휴. 이런 식으로 고백할 수 있다면……, 고생할 사람이 어디 있겠냐고."

내가 문 너머로 듣고 있을 거라고는 꿈에도 모를 쿠로야 군은 혼자서 자조하는 듯한 말투로 계속 말했다.

"애초에 고백한다고 하더라도……, 이렇게 단순하고 직접적인 말은 안 되겠지. 나 같은 녀석이 시라모리 선배하고 사귄다면……, 뭔가 서프라이즈가 있어야 해."

역시 방금 들은 말은 고백 연습인 게 틀림없는 것 같다. 연습이라기보다는 그냥 말해본 건지도 모르겠지만──, 그래도.

그가 나를 좋아한다는 사실은 분명히 진실인 것 같다.

쿠로야 군……, 나를 좋아했구나──.

"…………"

솔직하게 말하자면──, 약간 그런 느낌이 들긴 했다. 그와 단둘이서 동아리 활동을 하다 '어라? 혹시……'라고 생각한 순간이 몇 번 있었다.

하지만 확신 같은 건 없었다.

희망적인 관측은 할 수 있지만, 진심 같은 건 알 수가 없었다.

하지만 지금, 생각지도 못한 형태로 쿠로야 군의 진심을 알아 버렸다.

"에휴……, 좋아하는데. 좋아한단 말이지."

마음속에 담아둔 걸 절실하게 토해내는 듯이, 쿠로야 군은 혼자서 중얼거렸다.

나에 대한 호의를, 내가 듣고 있다는 것도 알지 못하고.

"시라모리 선배하고 사귀고 싶어, 커플이 되고 싶어."

"……윽."

"'정말 좋아해'라는 말을 듣고 싶어, 손을 잡고 싶어, 데이트 같은 것도 해보고 싶어, 방과 후에 같이 집에 가보고 싶어, 학교에 가다 보니 기다리고 있는 모습을 보고 싶어, 자전거를 같이 타고 싶어, 날마다 라인으로 메시지 주고받고 싶어, 또 우리 집에 놀러 왔으면 좋겠어, 같이 사진 찍고 싶어."

"~~윽?!"

그가 적나라하게 말한, 내가 부끄러워질 것 같은 소원.

너무나도 열렬하고, 너무나도 순수한 연심——.

"시라모리 선배의 가슴 보고 싶어, 가슴 만지고 싶어, 가슴 주무르고 싶어……."

"…………."

뭐, 순수하지 않았는지도 모르겠다. 응, 뭐, 그런 부분은 어쩔 수 없지. 쿠로야 군도 한창 나이인 남자애니까.

"시라모리 선배하고 사귀고……, 뭐라고 해야 하나, 그……, 알콩달콩하고 싶단 말이지."

어휘력 같은 건 요만큼도 없는 말로 한없이 적나라하게 말하는 나에 대한 마음. 순수한 것뿐만이 아니라 나이에 맞게 끈적끈적한 연심.

반짝반짝 빛나는 보석 같은 호의와 함께 부글부글 끓어오르는 욕망도 있었고, 그렇기 때문에 그 연심이 진심이라는 게 느껴졌다.

처음에는 충격을 받은 나도——, 지금은 무심코 정신없이 듣고만 있었다.

놀란 마음과 부끄러운 마음은 어느새 행복한 기분으로 바뀌었다.

기쁘다.

이렇게 기쁠 수는 없다.

이렇게 행복할 수는 없다.

왜냐하면.

나도 계속 쿠로야 군을——.

드르륵.

감정에 이끌린 듯이, 정신을 차리고 보니 나는 부실 문을 열고 있었다.

"쿠, 쿠로야 군……."

이미 각오를 다지고 있었다——, 구체적으로 말하자면 그가 고백한다면 곧바로 오케이할 생각이었다.

하지만.

"아, 시라모리 선배. 늦었네요."

들뜬 나와는 대조적으로 쿠로야 군은 태연함 그 자체였다.

좀 전까지 들리던 데레데레 모드가 거짓말인 것처럼, 평소대로 새침한 표정.

"…………."

"왜 멍하니 서 있어요? 얼른 문 닫아주세요."

"…………."

"끝까지 제대로 닫아주세요. 선배는 가끔 덜 닫을 때가 있으니까요. 저는 그런 걸 꽤 신경 쓰는 타입이거든요."

"…………."

지, 진심이야? 이 남자……?!

좀 전까지 부끄러울 정도로 열렬한 사랑을 속삭인 주제에, 단숨에 이렇게 바뀔 수가 있는 거야? 이렇게 갑자기 츤츤거릴 수가 있는 거야?

대단하다. 오히려 감탄해버렸다.

츤데레라고 해도 너무 기합이 바짝 든 거 아닌가?

"……그래, 그래, 제대로 닫을게요."

평소 같은 태도로 말한 다음, 나는 문을 닫았다.

완전히 들떠 있던 마음은……, 조금 가라앉았다.

아니.

약간……, 짜증이 나기 시작했다.

으윽.

쿠로야 군, 이 녀석.

왜 이렇게 츤츤대는 거지?

내가 없는 곳에서는 엄청 데레데레하면서.

사실은 나를 정말 좋아하는 주제에~~!

"문 정도로 투덜거리고……. 정말 쪼잔하구나."

"시라모리 선배가 너무 덜렁거리는 거라고요."

"귀엽지 않은 후배네. 그렇게 가시 돋힌 태도만 보이면……, 내가 쿠로야 군을 싫어하게 될지도 모르거든?"

"……딱히 시라모리 선배가 좋아해 줬으면 하는 건 아니라서요."

거짓말만 하네!

사실은 '좋아해 줬으면 좋겠다'라고 생각하는 주제에!

나를 정말 좋아하는 주제에!

아~~, 으~~, 정말~~, 대체 뭐냐고~~!

좋아한다면 좋아한다고 대놓고 말해주면 되는걸!

얼른 고백하면 되는데!

그러면.

그러면 나는——.

"오늘은 뭐하실 건가요? 또 오델로라도 할까요?"

"……응, 그래."

겉으로는 미소를 지으며 평소처럼 대하는 나도……, 마음속에는 말로 나타내기 힘들 정도로 거친 감정이 소용돌이치고 있었다.

스스로도 컨트롤할 수 없는 감정이 오델로를 하는 동안에도 계속 부풀어 올랐고, 나중에는 기어코 폭발해 버렸다.

그래서 내가 승부가 끝난 뒤에 이런 말을 해버렸을 것이다.

——너, 나를 좋아하는 거 맞지?

——일단 시험 삼아 사귀어 볼래?

○

회상이 끝나고 현재.

"······응. 흐아암~."

일부러 그러는 듯이 하품을 하면서 깨어난 척했다.

"이제야 일어났어요?"

"쿠로야 군······, 아, 혹시 내가 자버렸어?"

"그런 것 같네요."

연기를 시작한 나. 다행히도 쿠로야 군은 내가 내숭 떠는 걸 눈치채지 못한 모양이다. 안심한 반면······, 그 둔감한 구석에 답답해지는 느낌도 있고.

"설마 쿠로야 군······, 내가 잠든 동안에 이상한 짓을 한 거야?"

"안 했는데요."

"어~, 정말~? 너무 좋아하는 여자친구가 빈틈투성이로 자는데 뭔가 장난이라도 친 거 아니야?"

"안 했어요. 손가락 하나 건드리지 않았어요."

역시라고 해야 하나. 그는 아까 보여준 데레데레 모드가 거짓말인 것처럼 츤츤 모드로 돌아갔다.

고백 연습을 하던 때와 완전히 똑같다.

뭐······, '손가락 하나 건드리지 않았다'가 거짓말이라는 건 알고 있지만.

살짝.

내 손가락 끝을 아주 살짝 건드렸다.

······어차피 건드릴 거면 있는 힘껏 건드려도 되는데! 남자답게 손을 잡아도 되는데!

만약에 좀 더 억지스럽게, 예를 들어서 힘껏 껴안는다고 해도······, 쿠로야 군이라면 상관없는데.

그런데도······, 손가락 하나라니.

아~, 진짜~, 이 남자는 대체 얼마나 순진하고 무뚝뚝한 거지?

"······후후."

뭐.

그래도.

상관없지만.

왜냐하면 나는 그런 쿠로야 군을──.

"······왜 혼자서 웃는 건데요?"

"아니. 아무것도 아니야. 저기, 쿠로야 군. 모처럼 이렇게 되었으니까 한 판 붙을까?"

"뭐가 모처럼인 건지 모르겠는데요."

무뚝뚝한 태도를 보이긴 했지만, 쿠로야 군은 내 제안을 받아들여 주었다.

선반에서 오델로 세트를 꺼내 두 사람 사이에 놓았다.

돌 네 개를 놓고 게임 스타트.

색은 내가 흰색, 그가 검은색.

"쿠로야 군, 또 뭔가 걸고 승부할래?"

"……내기를 하면 약해지니까 안 할래요."

"어~? 오기가 없네."

"내버려 두세요. 기본적으로 압박감에 약하거든요. 저. 승부에 약하다고 소문난 게 바로 저입니다."

"……자기만 그렇게 생각하는 거 아닌가?"

"네?"

"아니, 아무것도 아니야."

작은 목소리로 무심코 새어 나온 진심을, 고개를 저으며 둘러댔다.

만약에 연애가 게임이라면.

아마 쿠로야 군은──, 자기가 지고 있을 거라 생각할 것이다.

내가 주도권을 쥐고 있고, 자신은 휘둘리기만 하고 지기만 한다고.

돌이 팍팍 뒤집혀서 게임판이 상대의 색으로 물들어간다고.

그런 식으로 생각할 것 같다.

하지만──.

"있지, 쿠로야 군. 오델로에게 이기기 위한 전술 같은 거 알아?"

"전술요? 그런 건 잔뜩 있잖아요."

"기본적인 거 말해봐."

"……네 모퉁이를 따는 게 좋다든가, '벽'을 만들지 않는 게 좋다든가."

그리고, 쿠로야 군이 그렇게 말했다.

"초반에는 상대가 많이 따게 만드는 게 좋다든가."

원하던 대답이 나왔기에 나는 웃었다.

나도 모르게 미소를 지었다.

"……응, 그렇지."

"갑자기 그건 왜요?"

"아니, 아무것도 아니야~."

초반에는 상대가 많이 따게 만든다.

그것은 오델로의 기초적인 전술.

이 게임은 기본적으로 돌을 놓을 곳이 많은 쪽이 유리하다. 그렇기 때문에 상대방이 놓을 곳을 좁히기 위해 초반에는 돌을 많이 뒤집지 않으면서 상대방에게 많이 따게 만드는 게 낫다.

반대로 말하자면.

초반에 상대방의 돌을 많이 따내면 나중에는 지게 된다.

이 전술은——, 연애라는 게임에도 통할지 모르겠다.

"음……."

어려운 국면이 되자 쿠로야 군이 진지한 표정으로 생각에 잠겼다. 그런 얼굴을 보고 있자니 장난기가 불끈불끈 솟아났다.

"쿠로야 군."

"왜요?"

"정말 좋아해."

"픕……, 가, 갑자기 뭔데요?"

"응~? 동요하게 만드는 작전, 이려나?"

"……비겁하잖아요."

"후후. 쿠로야 군, 얼굴 빨개졌어. 기습에 약하네."

"……다음부터는 귀마개를 가지고 올게요."

"흐음~. 그러면 시각으로 공략해야지."

"…………아이마스크도 같이 가지고 올게요."

"아하하하. 그러면 승부를 할 수가 없잖아."

즐겁게, 평소처럼 이야기하는 우리.

평소처럼——, 내가 약간 우위에 있는 느낌. 예전부터 이런 관계였는데, 사귀기 시작하고 나서는 한층 더 이 상하관계가 튼튼해진 것 같기도 하다.

하지만——, 이 우위는 아마 오래가지 못할 것이다.

알고 있다.

알고 있기 때문이다.

언젠가 나는 분명히——, 쿠로야 군에게 져버릴 것이다.

"…………."

상대방의 얼굴을 바라보며, 나는 마음속으로 중얼거렸다.

미안해, 쿠로야 군.

네 고백을 기다려 주지 못해서.

그런 주제에 내가 먼저 고백할 용기도 없어서, '일단 시험

Illustrations © Hyuuga Azuri

삼아 사귀어 볼래?'라고 거만한 제안을 해버려서.

너를 츤데레라고 부른 나도 전혀 솔직하지 못했어. 호의를 있는 그대로 드러내는 게 부끄러워서 선배 행세를 하면서 놀리기만 해.

하지만 부디 지금만은 용서해 줬으면 좋겠어.

아마──, 오래가진 못할 테니까.

나는 조만간 쿠로야 군에게 홀딱 반해 버릴 거야.

네가 너무 좋아서, 지금처럼 누나 행세를 하지 못하게 될 거야.

오델로로 예를 들자면, 초반에 내 흰 돌만 잔뜩 놓아둔 상태.

척 보기에는 내가 유리한 것 같지.

하지만 이 게임은──, 초반에 상대가 많이 따게 만드는 쪽이 이기게 되어 있어.

그러니까 나는 언젠가 질 거야.

마지막에는 전부 뒤집어지겠지.

마음이 전부 네 색으로 물들고, 덮어 쓰일 거야.

아니……, 오히려 지고 싶어.

얼른 홀딱 반하게 해줬으면 좋겠어.

마음을 전부 네 색만으로 물들여 줬으면 좋겠어.

하지만 그건 그렇다치고……, 지금 같은 관계도 나름대로 즐겁긴 해.

그러니까──, 있지, 쿠로야 군.

지금은 조금만 더, 누나 행세를 하면서 너를 놀려도 될까?

후기

'반했다는 사실을 상대에게 들킨다'라는 것은 사춘기 청소년에게 매우 치명적인 문제일 것 같습니다. 약점이 드러난 상태라고 해야 하나, 상대가 생사여탈권을 장악했다고 해야 하나. 특히 자존심이 강하고 자의식이 강한 남자에게는……, 거의 죽을 것 같은 치욕입니다. 어느 정도 어른이 되면 '누군가를 좋아하게 되는 건 부끄러운 게 아니다'라는 걸 눈치챌지도 모르겠습니다만……, 복잡한 10대 남자는 그게 어렵죠. 사랑에 빠진 자신이 부끄럽고, 꼴사납고, 컨트롤할 수 없는 마음이 답답해서 엄청난 패배감에 휩싸이게 됩니다. 반해서 생긴 약점. 반하면 지는 것. 하지만 그럴 때 중요한 것은 졌다고 해서 바로 승부가 끝나지 않는다는 점이란 말이죠. 져서 시작된 사랑이라 하더라도 마지막에 누가 이길지는 모르는 겁니다.

그런 말씀을 드린 노조미 코타입니다.

신작. 사랑에 빠져버린 츤데레 아싸 남자와 그의 호의를 눈치채 버린 미인 선배의 커플 러브코미디. 요즘 연상 히로인만 쓰고 있는데요. 이번에도 마찬가지로 연상 히로인입니다. 선배라는 한 살 연상 히로인의 매력을 추구하는 시리즈로 만들어나갈 생각입니다. 하렘으로 만들지 않고 1대1 러브코미디로 노력할 예정이죠. 뭐……, 주인공을 보면 하렘이 될 것 같지 않지만요. 1권을 다 쓰고 눈치챈 겁니다만……, 쿠로야 군은 시라모리 선배 말고 다른 여자애와는 한마디도 하지 않았습니다……, 엄마하고만 이야기했네요…….

처음 예정으로는 미소녀 사천왕 멤버들도 더 내보낼 생각이었습니다만, 두 사람의 대화가 너무 즐거워서 거의 그것만 내보내고 끝내버렸습니다……. 그녀들은 분명히 2권에서 활약하겠죠. 아마도.

다음은 감사의 말씀입니다.

담당 편집자이신 나카미조 님. 이번에도 신세를 많이 졌습니다. '여기를 1미리 정도 오른쪽으로'라는 알 수 없는 미세한 수정에도 대처해 주셔서 정말 감사합니다. 일러스트를 맡으신 휴가 아즈리 님. 멋진 일러스트 감사합니다. 선배가 귀엽고, 쿠로야 군도 귀엽습니다! 앞으로도 잘 부탁드립니다.

그리고 이 책을 읽어주신 독자 여러분께 최대급의 감사를.

그럼 인연이 있다면 2권에서 뵙겠습니다.

노조미 코타

237

역자 후기

안녕하세요, 천선필입니다.

『너, 나 좋아하지?』1권, 재미있게 읽으셨는지 모르겠습니다.

이 책은 처음부터 끝까지 히로인과 주인공, 둘이서만 이야기를 진행해 나가는 것 같은 느낌이 드는 작품이었던 것 같습니다. 그나마 조금 비중을 챙긴 게 주인공의 친구 정도겠네요. 이렇게 등장인물이 매우 적은 정도를 넘어서서 단둘만의 이야기 같은 작품은 간만에 본 것 같습니다. 보통 사랑에 빠지면 둘만의 세계를 만든다는 표현을 쓰곤 하는데, 그런 느낌을 간접적으로 나타낸 게 아닌가 하는 생각도 드네요. 미소녀 사천왕이라든지 문예동호회 고문 선생님이라든지, 분명히 존재하고 언급도 되지만 두 사람에게는 서로만 보이는 느낌으로요.

마무리 부분에서 일방적으로 치우쳐 있는 줄 알았던 연애 게임의 형세가 역전될 것이라는 암시를 주인공과 히로인이 자주 즐기곤 하는 오델로 게임에 비유한 것도 인상적이었습니다. 그 두 사람의 이름에 검은색과 흰색이라는 글자를 넣은 게 그 부분을 살리기 위했던 거였구나라는 생각도 들었고요. 살다보면 직접 겪거나 다른 사람에게 이야기를 듣게 되는 연애 권력에 대한 묘사를 이런 식으로도 나타낼 수 있다는 걸 알게 되니 정말 신선한 느낌이었습니다. 독자 여러분께서는 어떻게 읽으셨는지 궁금하네요.

이런 생각을 하면서 이번『너, 나를 좋아하는 거 맞지?』1 권을 번역하였습니다. 매번 그랬듯이 감사의 말씀 드리고 후기를 마치려 합니다.

항상 신경을 많이 써주시는 담당 편집자분, 그리고 책을 내는 데 도움을 많이 주신 소미미디어 관계자 여러분, 그리고 가족 여러분. 감사합니다.

그 누구보다 감사드리고 싶은 분은 독자 여러분입니다. 제가 이렇게 무사히 번역을 마치고 후기를 쓸 수 있는 것도 독자 여러분 덕분이라 생각합니다. 진심으로 감사드립니다.

다시 찾아뵙게 될 때까지 행복한 하루 보내시길 바랍니다. 감사합니다.

KIMI TTE WATASHI NO KOTO SUKINANDESHO? TORIAEZU OTAMESHI DE
TSUKIATTE MIRU?
Copyright © 2020 Kota Nozomi
Illustrations copyright © 2020 Hyuuga Azuri
Korean translation rights arranged with SB Creative Corp.
through Japan UNI Agency, Inc., Tokyo

너 나를 좋아하는 거 맞지? 일단 시험 삼아 사귀어 볼래? 1

2023년 7월 1일 1판 1쇄 발행

저   자 노조미 코타
일 러 스 트 휴우가 아즈리
옮 긴 이 천선필
발 행 인 유재옥
본 부 장 조병권
편 집 1 팀 김준균 김혜연
편 집 2 팀 정영길 조찬희 박치우 정지원
편 집 3 팀 오준영 이해빈
편 집 4 팀 전태영 박소연
라이츠담당 김정미 맹미영 이윤서
디 지 털 김지연 박상섭
미   술 김보라 박민솔
발 행 처 ㈜소미미디어
인쇄제작처 ㈜코리아피엔피
등   록 제2015-000008호
주   소 서울시 마포구 토정로222, 403호 (신수동, 한국출판콘텐츠센터)
판   매 ㈜소미미디어
마 케 팅 최원석 최정연 한민지 박수진
영   업 박종욱
물   류 백철기 허석용
전   화 (02)567-3388, Fax (02)322-7665

ISBN 979-11-384-7866-3
ISBN 979-11-384-7865-6 (세트)